DWANAŚCIE
SŁÓW

Jan Jakub Kolski

DWANAŚCIE SŁÓW

WIELKA LITERA

Redakcja
Sylwia Bartkowska

Korekta
Justyna Żebrowska
Jadwiga Piller

Wielka Litera Sp. z o.o.
ul. Kosiarzy 37/53
02-953 Warszawa

Druk i oprawa
Abedik S.A.

ISBN 978-83-64142-24-6

Siostra Marianna obudziła się o godzinie trzeciej pięćdziesiąt. Według zapowiedzi z radia dzień miał być szary i nieprzyjemny. Mgły, drobny deszcz, wiatr od południowego zachodu. Coś mogło się zmienić pod wieczór, ale radio nie dawało głowy. Na razie świt nie napierał, a niebo wiszące nad klasztorem trzymało się dachu jak wrona. Zaczynał się 11 maja 1969 roku.

Marianna nie była brzydka. Miała trzydzieści jeden lat, niebieskie oczy, czarne włosy, zrośnięte brwi i jasną, klasztorną cerę. Prawdę mówiąc, była jedną z ładniejszych boromeuszek w klasztorze, ale o tym nie wiedziała. Opiekowała się chorymi w szpitalu, była pielęgniarką, więc nie miała zbyt wiele czasu na przeglądanie się w lustrze. Zresztą światła nie starczało o trzeciej pięćdziesiąt, ani o żadnej innej godzinie.

Wstawanie. Wilgotna cela z małym okienkiem, prycza, odrzucenie pierzyny, nogi na podłogę, czoło zroszone potem (Co się stało, skąd ten niepokój? Znów się z nim budzę. Czy jest tam? On, czy... jest?). Koszula nocna w dół, owłosione łono, owłosione łydki, zimna woda do miednicy. Mycie pośpieszne, płócienna ścierka, grzebień, gumka, włosy. Rozsypały się... (Czemu się tak śpieszę? Zdążę przed siostrami, spokojnie, nikt mi go nie zabierze). Grzebień raz jeszcze, gumka na nadgarstek, dwa zawoje, majtki, pończochy, stanik, koszula, habit, welon, kornet, trzewiki, spojrzenie w okno. Szaro (Czy jest, czy... będzie na miejscu?).

Był na miejscu. Wisiał tam (w lewym narożniku transeptu, schowany za połówką kolumienki podpierającej ołtarzyk z jakimś pośledniejszym świętym); malatura popękana, rysy głębokie, przechodzące przez grunt, aż do płóciennej osnowy. On – jej ukochany Jezus.

– Panie, otwórz wargi moje... a usta moje będą głosić twoją chwałę.

Milczał. Było w tym coś ujmującego, jakaś skromność w oczekiwaniu na światło (pośród *pozłot* i polichromii obywających się bez niego). Światło. Ono go stwarzało, przy nim rodził się wyjmowany z mroku jak z brzucha matki. Marianna nie potrafiła opisać tego inaczej. To był cud przeznaczony tylko dla jej oczu, bo żadna z sióstr nie schodziła na jutrznię tak wcześnie. Po porannej modlitwie i one szły do szpitala, do ciężkiej pracy, więc kradły każdą minutę snu. Spały jak wieprzki. Chrapały donośnie i bez wstydu, aż pył sypał się z murów klasztoru. Dopiero nawoływanie siostry Wenanty – nieprzyjemne, skrzypiące i bezlitosne – otwierało im oczy.

Kiedy doszła na miejsce (czterdzieści sześć kroków na wprost, dwanaście w lewo), ukochany okryty był jeszcze mrokiem. Czekał. Serce Marianny biło jak oszalałe, podniecenie zeszło w dół, prawie do wzgórka łonowego, potem wróciło w okolice żeber. To było nieprzyzwoite, więc kobieta z impetem upadła na kolana, żeby poczuć ból. Ale tym razem nie poczuła go wcale.

Światło pojawiło się na krawędzi okna, rozmazało witraż, pobiegło po posadzce, ławkach i filarach, przemknęło zakamarkami, aż na koniec… dotknęło czarnej ramy obrazu. Wtedy obudził się kołatek, chrząszcz *Anobium*, mieszkaniec modrzewiowej ramy, i od razu zabrał się do roboty. To wyrwało Jezusa z odrętwienia. Otworzył oczy, spojrzał na Mariannę, uśmiechnął się wyrozumiale.

– Jesteś – odezwał się cichutko.

– Jestem – odpowiedziała.

– Spałem, byłem zmęczony.

– Nie musisz się tłumaczyć. Jesteś panem świata.

– Jestem twoim sługą, Marianno.

– Nie, to ja, Panie, jestem twoją służką.

Był piękny; nagi, smukły i ciemnoskóry. Lśniące mięśnie, ścięgna i żyły, przyrodzenie ledwo przykryte, nad nim brzuch sklepiony jak kamień. Mężczyzna z obrazu trzydzieści na czterdzieści centymetrów patrzył jej w oczy. Marianna nie wytrzymała. Nie dała rady zatrzymać podniecenia wystarczająco wysoko. Zeszło w dół razem z dłonią, palce nie pobiegły do czoła, tylko między nogi. Same. Dwa, trzy ruchy prawie niewidoczne, oddech zatrzymany, potem drobny, piskliwy spazm. Ulga. Szczęście. Poczucie winy.

– A ti durna diwczinka, ti koli – nibud wyrostisz i staniesz żinkoju? – odezwał się z wysokości.

Poderwała się zawstydzona. Nie zrozumiała, co mówi.

– Nic nie rozumiem, Panie.

– Ne zawaźaj meny. Uże smijatsa nadi mnoju. Nie łaź tak za mną…

Zamilkł, kiedy światło go odsłoniło.

– Uciekam z klasztoru – wyznała. Zakryła usta dłonią zdziwiona własną odwagą, a potem dodała cichutko: – Nie, nie sama. Z tobą. – To powiedziawszy, sięgnęła po święty obraz, zawinęła go w chustkę i ukryła pod habitem.

Równo w trzy miesiące od tego poranka, miała stanąć naprzeciwko drzwi człowieka nie mniej ukrzyżowanego, mieszkającego w leśnej chacie, z daleka od celów, które sobie niegdyś wyznaczył. Ci, którzy o nim wiedzieli, nazywali go nauczycielem muzyki.

Nauczyciel muzyki, Fryderyk Greszel, mężczyzna czarniawy, barczysty i nieprzyjemny, był coraz bliżej przyznania się do upadku. Przyjechał z Afryki do Polski niedługo po wojnie, wiosną 1949 roku. Zlekceważył wszystkie ostrzeżenia rozumu i... ludzi, którzy trochę orientowali się w polityce. To była wprawdzie banda uciekinierów, towarzystwo nieprzystosowane i histeryczne, ale przecież niepozbawione instynktu. Powołując się nań, odradzali wyjazd do kraju tak nieprzewidywalnego. Ale on nie posłuchał. Spakował dobytek w kilka skrzyń, wynajął ciężarówkę i udał się do portu Mombasa. Nie sam. Wraz z nim opuściła Afrykę jego starsza siostra Maria. Odebrał ją z więzienia w forcie Lamu i przewiózł motorówką na ląd. Nim wsiedli na pokład statku, jeszcze raz zrobili rachunek z życia. Chcieli mieć pewność, że każda perspektywa, nawet najmniej pewna, więcej jest warta niż pozostanie w tym kraju rozpaczy i porażek. Mieściło się w tym rachunku głównie rozmyślanie o rodzicach – parze egoistów, inżynierze kolejowym i lekarce, których w chwili wyjazdu Fryderyka i Marii nie było już na świecie. Jedno pożarł lew ludożerca, potomek bezgrzywych ludojadów z Tsavo, drugie zginęło od strzału z rewolweru w tył głowy, na tarasie własnego domu, nad rzeką Athi.

Ojciec, Franciszek Greszel-Kochanowski, inżynier kolejowy ze Lwowa, wdał się za namową Brytyjczyków w awanturę znaną pod nazwą „szalonej linii donikąd", czyli budowę traktu kolejowego z Mombasy do Ugandy. Był myśliwym, od razu zwietrzył szansę przygody, więc zgodził się bez namysłu. Matka, Zofia Antonina Tęczyńska, pojechała za mężem. Odnalazła się w nowej sytuacji nieoczekiwanie szybko. Już po roku, umocowana w dobrym towarzystwie, leczyła najbogatszych i zbierała pieniądze na czarne sieroty.

Zamieszkali nieopodal kaskad na rzece Athi, wybudowali tam rozległy dom z tarasem dla siebie i dwa baraki dla służby. Przez pierwsze lata Franciszek rzadko bywał w domu. Wytyczał linię, dozorował transport budulca, doglądał hinduskich i afrykańskich robotników. Od czasu do czasu wyprawiał się też na polowania. Jego głównym celem były bestie z Tsavo, dwa lwy dziesiątkujące zastępy robotników kolejowych. W tej sprawie miał sprzymierzeńca w osobie Johna Henry'ego Pattersona, brytyjskiego inżyniera, człowieka podobnie jak on upartego. Po dziewięciu miesiącach zasadzek ludojada dosięgnęły wreszcie cztery kule. Trzy z nich wystrzelił ze swojego sztucera Franciszek Greszel-Kochanowski. Tej samej nocy w dalekim domu nad rzeką Athi przyszła na świat Maria, córka Franciszka i Zofii Antoniny.

Siedzieli na tarasie kawiarni z widokiem na port – Fryderyk i jego wyniszczona przez więzienie siostra. Nie byli pewni podjętej decyzji. Skrzynie z meblami, naczyniami kuchennymi, sprzętem domowym i pianinem okrywał już mrok ładowni, a oni ciągle jeszcze nie wiedzieli.

– Zabrałem kilka obrazów ojca, kolekcję kości słoniowej, książki, albumy ze zdjęciami – odezwał się Fryderyk, nie patrząc wcale na siostrę.

– Po co ci książki? Komuniści nie czytają książek. Kto je będzie czytał?

– Ja je będę czytał. Ja sam – odpowiedział.

Nie dodał, że będzie to czynił w przerwach między koncertami. Że granie będzie jego głównym zajęciem. Wykształcił się pod okiem angielskich i rosyjskich wirtuozów, potomków uciekinierów z Moskwy i Petersburga. Odebrał edukację gruntowną, pełną najsubtelniejszych dedykacji umocowanych w niej przez nauczycieli – ich tęsknoty i niespełnienia. Nie zamierzał tego zmarnować. Ostatecznie każda Polska doceni jego wirtuozerię – myślał prawie na głos – nawet Polska czerwona, ogłupiała i zmaltretowana. Ale Maria nie słyszała jego myśli, tylko swoje, nieco mniej krzyczące, ogłuszone przez dwanaście lat pobytu w śmierdzącym więzieniu na wyspie Lamu.

Od tamtego popołudnia spędzonego na tarasie kawiarni portowej w Mombasie minęło dwadzieścia lat. Sprawy nie poszły tak, jak planował. Prawdę mówiąc, poszły zupełnie inaczej.

Tego ranka, 11 maja 1969 roku, klęczał na podłodze swojej lichej leśnej chatki, z uchem przystawionym do nogi pianina Bechstein i... nasłuchiwał. Był przygotowany jak na wojnę; pudełko po paście do butów, w nim żółtawy płyn, zapewne terpentyna, obok szklana strzykawka, lampka bateryjna i kilka igieł. Do tego flanelowa szmatka. Wszystkie rzeczy leżały na wypastowanej podłodze jak na katafalku. Czekały.

Chrząszcz *Anobium*, podobnie jak jego krewniak z kaplicy klasztoru boromeuszek, odezwał się około czwartej nad ranem. Mężczyzna odstawił ucho od pianina, zaświecił lampkę, sięgnął po strzykawkę, zatopił igłę w terpentynie, naciągnął truciznę, odnalazł w drewnie otwór, wpuścił płyn. Dawka była śmiertelna. Kołatek przestał chrobotać prawie od razu. Przez okno napłynęła pierwsza szarość. Nie było jej wiele, ale mężczyzna i tak zgasił światło. Musiał oszczędzać. Kiedyś żył szeroko, z gestem; twarz nosiła ślady nieprzespanych wówczas nocy, wypalonych papierosów, wypitej wódki i decyzji odkładanych na później. Ale „później", które przyszło po wytrzeźwieniu, okazało się szare i nijakie. Beznadziejne.

Oparł się o krzesło, żeby wstać. Dłonie i twarz wjechały w światło. Nareszcie można było im się przyjrzeć. Dłonie... Były jak rzeźby; duże, mocarne, wypracowane w każdym detalu. I wypielęgnowane. Żadnego śladu pracy fizycznej (drewno rąbał w rękawiczkach, zakładał je za każdym razem, kiedy dotykał czegoś mniej gładkiego niż klawiatura jego bechsteina). Twarz. Dość zużyta i nieprzezierna. Ani ładna, ani brzydka. Mroczna. Spojrzenie trochę matowe, ale uważne; z zapisaną w oczach kombinacją mądrości i okrucieństwa – znakiem ludzi traktujących siebie surowo, bez wyrozumiałości. Stał przez chwilę przy oknie, patrzył na ścianę lasu i wrastające w nią prześwity leśnych dróg. Nie był pewien, czy to, na co patrzy, podoba mu się, czy może raczej czuje litość dla pejzażu tak niepełnego. I tak bardzo uzależnionego od światła. Uśmiechnął się pobłażliwie.

– Afryka… – odezwał się niedorzecznie, jakby mu się wszystko pomyliło.

Zabrał się za śniadanie. Najpierw naostrzył nóż. Użył do tego dwóch osełek różnej gęstości i – na koniec – kawałka dębowego drewna. Kiedy to już uczynił, odwinął z płóciennej szmatki chleb, odkroił niezwykle równą kromkę, zebrał okruszki, zjadł, nasmarował kromkę cieniutką warstwą masła, sięgnął po pomidora i obszedł się z nim podobnie jak z chlebem. Plasterki, które wyszły z tej obróbki, wyglądały jak namalowane przez holenderskich malarzy. Jeszcze herbata, równie starannie parzona, serwetka na kolana, spojrzenie na stół, chrząknięcie będące wyrazem pierwszej tego dnia aprobaty dla samego siebie. Ruszyło śniadanie.

Kuchnia była wyposażona po wiejsku. Trochę prostych sprzętów, pośród nich kredens z karbowanymi szybkami, kuchenny stół, krzesła, wodniarka, wiadro z wodą, emaliowany garnuszek w kwiatki, łyżka wazowa, miednica wciśnięta w marmurowy blat. Nic szczególnego. Ale już główna izba wyglądała inaczej. Tu wszystko oddane było na służbę pianina. Orzechowy bechstein stał sobie pod oknem, w połowie opisany przez światło, w połowie zgaszony cieniem. Otaczały go meble skromne, ale użyteczne; serwantka z afrykańskimi drobiazgami (dwa rzeźbione kły słoniowe, oprawiona w srebro busola, nóż myśliwski ojca, porcelanowy komplet do herbaty), etażerka, szafa z owalnym lustrem, skórzany fotel, ciemny dębowy stół, kilka krzeseł ze skórzanymi siedziskami, stojaki na kwiaty. Na ścianach, na wyblakłych tkaninach wisiało kilka obrazów przywiezionych ze świata: jakiś pejzaż afrykański, sawanna, samotna akacja, kula słońca wielka jak plażowa piłka, przy tym portret kobiety, parę zdjęć (ojciec, matka, chłopiec w marynarskim ubranku). Nic ważnego.

Po śniadaniu starannie wymył dłonie i twarz, potem przebrał się w czarny, niemodny garnitur z szarą koszulą bez krawata. Usiadł w fotelu. Był gotów do pierwszej lekcji.

Zmarła nie wyglądała na więcej niż trzydzieści pięć, czterdzieści lat. Twarz jasna, szczupła, włosy ciemne, przetkane srebrem, dłonie delikatne, z mapą bladoniebieskich żyłek. Jak ujścia rzek. Nie chorowała długo (udar mózgu, *apoplexia cerebri*, uprzedzony migotaniem przedsionków), więc szpital nie wyciągał z niej życia po trochu. Na szczęście zdążyła porozmawiać. Miała o czym. Wzywała siostrę Mariannę wiele razy, szeptała coś do ucha, wręczała karteczki zapisane drobnym pismem. Domagała się przysiąg, więc Marianna nieraz kładła dłoń na sercu lub na książeczce do nabożeństwa. Rozumiały się jak siostry, chociaż pochodziły z innych światów; jedna z ukraińskiej wsi, oddana do klasztoru z biedy, druga z miasta, z kawiarni, z rozkrzyczanej ulicy. Marianna i Agnieszka. Życie i śmierć.

Długo siedziała przy jej łóżku. Dłużej niż u czarnego Jezusa na jutrzni. Ale tak chciała. Była wdzięczna za ten tydzień bliskości. I za tajemnice powierzone przez zmarłą. Kiedy nasyciła się smutkiem, zaciągnęła prześcieradło na twarz przyjaciółki. Rozejrzała się po sali jak ktoś, kto bada nowe miejsce, próbując ustalić, ile w nim jego własnej obecności; okna zamalowane na olejno, wysokie, półkoliste, puste łóżka, między nimi staroświeckie przegrody z płótna rozpiętego na ramach. Chłód.

Z korytarza wszedł lekarz. Westchnął tak, jak się wzdycha wobec śmierci.

– Biedactwo… – odezwał się w powietrze.

Głos odbił się od sklepień i wrócił powtórzony.

– Czy miała jakąś rodzinę? – zapytał po chwili.

– Nie, nie miała nikogo – skłamała Marianna.

Obiad zjadła w refektarzu razem z resztą sióstr (chichotały poruszone jakąś wiadomością z gazet), potem poszła do celi. Chciała przejrzeć dokumenty zmarłej, żeby jeszcze raz upewnić się w podobieństwie. Kilka fotografii, dowód osobisty ze zdjęciem, książeczka ubezpieczeniowa, legitymacja z czasów studiów: Agnieszka Pilawska, Wydział Konserwacji Malarstwa, Akademia Sztuk Pięknych. Ta na zdjęciu była do niej podobna. Bardziej czarnowłosa, bardziej niebieskooka, bardziej uśmiechnięta – ale podobna. Marianna sięgnęła po lusterko, zdjęła kornet, ściągnęła gumkę, rozsypała włosy. Nie przyglądała się sobie długo.

Przez kilka następnych minut pakowała walizkę. Najpierw ułożyła dobytek na pryczy, równiutko, w rządkach. Nie było tego wiele jak na całe życie: niemodne ubrania, bielizna, przybory toaletowe, kilka książek obłożonych szarym papierem, notatnik opasany gumką, chustki, chusteczki, małe płócienne zawiniątka niewiadomego przeznaczenia, dwie srebrne łyżki, dwie łyżeczki i nóż, książeczka do nabożeństwa, a także inne dewocjonalia – pośród nich mosiężny krucyfiks, cztery różańce różnej wielkości, zestaw obrazków świętej rodziny, no i oczywiście – On, zawinięty w płótno ukochany Jezus z kaplicy. Potem wytarła metalowe rzeczy do połysku i starannie, bez pośpiechu ułożyła je w walizce między ubraniami.

Nie pożegnała się z nikim. Wróciła do szpitala, pokręciła się trochę po korytarzu, weszła do łazienki, rozebrała się. Długo stała nago, przyglądając się własnemu ciału. W łazience nie brakowało światła, więc zobaczyła siebie jak na dłoni; białe piersi ze sterczącymi sutkami, wokół nich duże, ciemne obwódki, brzuch płaski, wyrobiony od ciągłego podnoszenia chorych, uda różowe, mocne, skóra napięta, chociaż zbyt jasna i nadmiernie nakropiona piegami. Dużo brązowych, zawstydzających kropek. Marianna poczerwieniała, ale nie odwróciła wzroku od lustra. Patrzyła dalej, wmawiając sobie, że teraz patrzy na Agnieszkę, że to jej odkryte łono wystawione jest na widok.

Przebrała się w rzeczy zmarłej: garsonkę z satynowym kołnierzem, pończochy (zrezygnowała z koronkowego pasa z zapinkami, wstydziła się), jasny płaszcz. Błyszcząca torebka i szpilki onieśmieliły ją. Przez chwilę mocowała się z myślą, żeby to wszystko nowe porzucić, ubrać się w bury komplet z walizki i tak uciekać. Ale została przy ubraniu Agnieszki. Z torebki wyjęła karminową pomadkę. Pomalowała usta.

Kiedy wychodziła ze szpitala, nikt na nią nie zwrócił uwagi. Padał deszcz, ulicą przejechał tramwaj, jakiś mężczyzna spojrzał zza szyby, coś pomyślał, uśmiechnął się, ale ona nie odwzajemniła się podobnie serdeczną myślą. Na przystanku wsiadła do autobusu. Jeszcze raz sprawdziła na karteczce adres: Maria Greszel-Kochanowska, ulica Jana Ewangelisty Purkyniego, brama 27 mieszkania 3.

Na miejsce dotarła koło drugiej po południu. Ulica, brama i klatka schodowa nie przestraszyły jej. Znała takie miejsca z wizyt pielęgniarskich, przywykła do kamienic z dziurami po kulach, wrośniętymi w tynk niemieckimi napisami i wonią uryny zawieszoną w powietrzu. Z podwórka wybiegły dzieci, ktoś rzucił za nimi przekleństwo. Roześmiały się w głos.

Starsza pani mieszkała na parterze; podwójne drzwi z szybkami, spłowiałe zasłonki, oprawiona mosiądzem szczelina na listy, bakelitowy dzwonek. Czarny z białym guzikiem. Marianna postawiła walizkę, poprawiła płaszcz i beret. Nacisnęła guzik. Nie czekała długo. Zamek szczęknął po kilkunastu sekundach. W szczelinie rozwartej na długość łańcuszka pojawiła się twarz – jasna jak papier, pocięta siecią cienkich zmarszczek. Odległa. Oczy w kartce papieru nie świeciły żadnym blaskiem, nawet echem blasków najdalszych. Były zgaszone.

– Tak? – odezwała się. – Czym mogę służyć?

Marianna wyjęła z torebki kopertę. Podała. Starsza pani spojrzała na miękkie, wywinięte litery.

– Znam to pismo – uśmiechnęła się krzywo. – Proszę, niech pani wejdzie.

Usiadły przy herbacie – jedna naprzeciw drugiej. Staruszka założyła okulary. Przez następne dziesięć minut nie padło żadne słowo. Kiedy przeczytała, złożyła kartkę i na powrót wsunęła do koperty.

– Zmarła kochanka mojego brata prosi w tym liście, żeby przyjąć panią do pracy. Ale ja nie mam pracy dla służącej. Poza tym… nic o pani nie wiem. Nic a nic. Rekomendacja tej… kobiety nie jest dla mnie szczególnie wartościowa. Nie szanuję… nie szanowałam jej.

Sięgnęła po papierosa, zaczęła go obracać w palcach. Jej nienagannie wykrojone dłonie nie mogły znaleźć sobie miejsca. Wsunęła papierosa do szklanej cygarniczki, zapaliła.

– Przecież to była dziwka! – wybuchnęła nagle, wyrzucając z ust obłok śliny. – Dziwka! – powtórzyła. – Kurwa z zatęchłej kawiarni! Zabrała Fryderykowi całe światło. Jak pani może pojawiać się tu z listem od niej i oczekiwać?…

Marianna zesztywniała ze zdumienia. Na jej twarz wypłynęła czerwień tak intensywna, że zatarł się przy niej rysunek ust. Poderwała się z krzesła.

– Niczego od pani nie oczekuję! Przyszłam tu, bo... Agnieszka wskazała mi to miejsce. Powiedziała o pani tyle dobrych rzeczy... Niczego, niczego nie chcę! A w ogóle... jak pani śmie tak mówić o zmarłej?! Czy to się godzi? A o mnie, co pani może wiedzieć o mnie?

Opadła na krzesło. Przez chwilę kręciła głową na znak protestu przeciwko tak jawnej niesprawiedliwości, potem znieruchomiała. Rozpłakała się. Dopiero to przywróciło staruszce rozum.

– Przyjmę panią na trzy miesiące. Sprzątanie, pranie, gotowanie. Osiemset złotych, nie mogę zapłacić więcej.

Nadchodzili od lasu: kobieta i chłopiec. Wyłonili się z prześwitu między drzewami, z prawie czarnej zieleni. Ich ruchliwość drażniła, bo wszystko wokół tkwiło w bezruchu. Niebo było ciężkie i powolne. Chmury wprawdzie rozsnuły się na chwilę, słońce doczepiło do ludzkich figurek cień, ale przepadł zaraz. Kobieta śpieszyła się. Była ubrana nieodpowiednio, w buty na słupkach i wąską spódnicę, więc szła dość komicznie. Podobnie nieodpowiednio ubrany był jej dziesięcioletni syn. Miał na sobie czarny garniturek, białą koszulę i lakierki. Nie pasowali do niczego – ani do lasu, ani do wolnej przestrzeni między nim a domem nauczyciela. Akurat patrzył na nich zza firanek. Miał ich na linii łączącej fotel, okno i drogę wpadającą między świerki. Nie musiał wstawać. Zresztą nie chciało mu się. Postanowił siedzieć tak długo, jak się da, potem wstać, otworzyć drzwi i bez politowania w oczach spojrzeć na ucznia. Nim skończył o tym myśleć, już wiedział, że to niemożliwe.

Chrząszcz *Anobium* odezwał się na chwilę przed lekcją. Fryderyk od razu rzucił się na podłogę. Nie mógł uwierzyć w tę obecność. Przyłożył ucho do nogi pianina, zszedł w dół, oparł policzek o podłogę, ale dźwięk się nie powtórzył.

– Wariuję – odezwał się po cichu.

Spojrzał w kąt pokoju. Zobaczył nogi siedzącej w fotelu Ireny Rudzińskiej, matki Andrzejka, żony Stanisława, powiatowego sekretarza partii. Andrzejek zajęty był akurat wciskaniem świec do lichtarzy przymocowanych do pianina. Lubił to bardziej niż granie. Lekcje muzyki doprowadzały go do rozpaczy. Nienawidził tych wszystkich gam i pasaży, drażniło go czytanie nut. Nie rozumiał, w jaki sposób powtarzanie piskliwych, szklanych dźwięków miało wzbogacić jego życie.

Kobieta poruszyła stopą. Była pewna, że Fryderyk ogląda jej buty, potem łydki i uda opięte pończochami. Nie myliła się. Rozchyliła nogi. W przesmyku pokazały się cieliste majtki, nakryte pasem z różowymi zapinkami; kompozycja perwersyjna, okraszona odrobiną bieli świecącej u spojenia ud. Skóra odkleiła się od skóry, na drobnych włoskach zalśniły kropelki potu. Fryderyk przyjął wydarzenie ze spokojem. Znał kobiety, więc niewiele mogło go już zaskoczyć. Wstał, usiadł przy pianinie, dał uczniowi znak do zapalenia świec. Malec ucieszył się, że nie będzie musiał grać jako pierwszy. Że może w ogóle nie będzie musiał grać. Sięgnął po zapalniczkę, przyciągnął lichtarz, posadził płomień na knocie. Nagły przypływ radości odebrał mu rozum i staranność. Cofając dłoń, zaczepił zapalniczką o ramię lichtarza, zapalona świeca przechyliła się, kropla stearyny popłynęła po mosiądzu i nim zdążyła zastygnąć – spadła na klawiaturę. Fryderyk zareagował gwałtownie. Podniósł rękę tak szybko, że w powietrzu rozległ się świst rozgarnianego powietrza. Wyhamował tuż przed policzkiem zbrodniarza, zatrzymał się centymetry przed nim. Nie wiedząc, co zrobić, wydął usta, chrząknął, potem wstał, chwycił malca za kołnierz i posadził przy pianinie.

– Nie uderzyłbym cię – odezwał się. – Nie uderzyłbym dziecka – powtórzył.

Nie zbliżyły się do siebie – Maria i Marianna. Przez trzy miesiące żyły obok, wymieniając po kilka zdań dziennie. Starsza pani nie miała potrzeby opowiadania o sobie. Nie komentowała też życia swojego kraju, miasta, ulicy i nie udzielała się w rozpowszechnianiu plotek. Spotykały się rano, ustalały przebieg dnia, potem Maria udawała się do pokoju i oddawała lekturze tygodników oraz książek. Taki stan trwał do obiadu, przy którym znów nie padało wiele zdań. Jeżeli już, to składały się na nie te same słowa: słone, kwaśne, słodkie, ciepłe, chłodne, zimne, świeże, nieświeże. Po południu staruszka udawała się na spacer do parku. To była godzina wolności, którą Marianna przeznaczała na leżenie w wannie pełnej wody. Nie miała takiej możliwości w klasztorze, tam musiał wystarczać prysznic we wspólnej łazience lub miednica w celi. Przez tę godzinę sprawdzała też stan powziętych postanowień. Ciągle żyły w jej głowie, niczego nie ubywało. Szykowała się do podróży bardzo dyskretnie, by nie wzbudzić podejrzeń. Chodziło o to, by starsza pani sama wpadła któregoś dnia na pomysł odesłania jej do Fryderyka. „Będziesz służącą u mojego brata. Potrzebny mu taki ktoś jak ty" – tak mogłoby brzmieć to zdanie otwierające drogę. Marianna była pewna, że w końcu je usłyszy. Na razie prała, gotowała, odkurzała, zmywała podłogi, podawała kawę, herbatę, wynosiła śmieci. Czekała, od czasu do czasu naprowadzając starszą panią na temat.

– Przepraszam, że pytam – odzywała się z trwogą – czy pan Fryderyk nie powinien dowiedzieć się o śmierci swojej żony?

– Żony? Nie mieli ślubu, żyli na kocią łapę. Nie, nie powinien się teraz dowiedzieć. Przyjdzie czas, to mu napiszę. Piszę do niego długie listy.

Któregoś popołudnia zamiast do wanny poszła do pokoju Marii. Klucz leżał na komodzie pod serwetką – starsza pani nie była dobrą konspiratorką. Marianna znała już ten pokój, przychodziła tu po nocnik, przynosiła herbatę, zabierała naczynia – wszystko pod czujnym baczeniem gospodyni. Była ciekawa zawartości szafki stojącej przy łóżku. Nieraz zdarzyło się, że staruszka zasuwała szufladę w ostatniej chwili, chowała tajemnicę, ale ta świeciła jeszcze przez sekundę w jej źrenicach. To były nieliczne chwile, w których oczy Marii nieco ożywały.

Pokój był półmroczny, ciężkie zasłony zaciągnięte prawie na głucho. Marianna nie rozglądała się, by nie tracić czasu. Podeszła do szafki, otworzyła szufladkę. Na dnie leżała stara angielska książka oprawiona w płótno, zapewne powieść, bo poza fotografią autora nie było innych zdjęć, a mówiąc dokładniej – było jedno; włożone między strony, z brzegiem wystającym poza kartki, mieszkające w tej ojczyźnie z zagranicznymi słowami. Na fotografii, na tle sawanny z wpisanym w nią kolonialnym domem, stał masajski wojownik, mężczyzna wysoki i piękny. W prawej ręce trzymał włócznię, lewą obejmował białą kobietę, Marię Greszel-Kochanowską. To była ona. Sporo młodsza, trzydziestoparoletnia, ale na pewno ona. Uśmiechała się. Marianna aż pokręciła głową ze zdziwienia. Od razu zrozumiała, że to nie jest zwykłe turystyczne zdjęcie. Tych dwoje coś łączyło. Odwróciła fotografię. „Simon and Marie – Athi River, April 1937" – przeczytała.

Wieczorem wyjęła z walizki płócienne zawiniątko. Odwinęła, postawiła obrazek na szafce przy łóżku. Położyła się ze wzrokiem utkwionym w wizerunku ukochanego. Jej czarny Jezus, jej masajski wojownik był równie piękny jak ten z fotografii Marii. Skóra ukrzyżowanego lśniła tak jak skóra Simona. Byli do siebie podobni – Żyd z Nazaretu i Masaj znad rzeki Athi.

Nim zasnęła, długo walczyła ze sobą. Nie chciała ulec podnieceniu. Czuła, że powinna nad nim zapanować, zanim suma tych małych grzechów nie przerośnie jej wiary i zdolności do pokuty. Ale przegrała i tym razem. Zasnęła z dłonią uwięzioną między udami.

Następny dzień zaczął się tak jak każdy z dziewięćdziesięciu minionych. Usiadły do herbaty przy kuchennym stole.

– Polubiłam cię, dziecko – odezwała się Maria. – Jesteś prostą i serdeczną kobietą. Przy tym bardzo pracowitą, dokładną i... religijną lub – lepiej powiedzieć – akuratną. To też w tobie polubiłam, ten rodzaj religijności, w którym punktualność jest ważniejsza od samej wiary w Boga. Rozumiesz, co mówię?

Marianna nie była pewna. Na wszelki wypadek kiwnęła głową.

– Domyślam się, że chodzi pani o moje wczesne wstawanie i odmawianie różańca. Przyzwyczaiłam się do tego od dzieciństwa – skłamała.

– Tak, tak... od dzieciństwa... W moim dzieciństwie królem był Engai Dobry lub Engai Zły. Dorastałam w Kenii – jak zapewne wiesz od... kochanki mojego brata Fryderyka. Czarni mieli tam jednego Boga o dwóch twarzach: dobrej i złej. To wyglądało lepiej niż w twojej religii. Najwyższy nie miał konkurencji na zewnątrz, to w nim zawierało się całe dobro i zło, więc nikogo nie trzeba było straszyć piekłem. Engai Narok i Engai Nanyokie, Czarny i Czerwony. Więcej słów nie pamiętam.

Zamilkły na długie minuty. Piły herbatę, na przemian podnosząc i opuszczając filiżanki. Marianna bała się odezwać. Czuła, że oto nadchodzi upragnione zdanie i jedyne, co trzeba zrobić, to po prostu doczekać się go. Nie myliła się. Za chwilę staruszka chrząknęła, potem starannie wytarła usta chusteczką.

– Nie mogę ci dalej płacić, dziecko – odezwała się. – Pojedziesz do mojego brata, na wieś. On też nie zarabia wiele, ale wystarczy na skromne życie. Nie, to nie jest przymus, możesz odmówić. Tym bardziej że Fryderyk jest dość trudnym pracodawcą. Stawia wymagania, którym mało kto potrafi sprostać. Przyjął już i zwolnił ponad tuzin służących. W tej sprawie ma szeroki gest. Gorzej jest – jak wspomniałam – z zapłatą za pracę, ale ty nie spodziewasz się chyba wiele? Przepraszam, nie zapytałam, czy cię to w ogóle interesuje?

– Interesuje – odparła Marianna.

Starsza pani sięgnęła po papierosa. Zapaliła.

– To dobrze, bardzo dobrze – ucieszyła się. – Fryderyk będzie zadowolony. Nie wiem, jakiej ci udzielić instrukcji. Masz swój rozum i sama najlepiej zorientujesz się w sytuacji. W każdym razie nie bierz spraw takimi, na jakie wyglądają. To dziwak, ale dobra dusza – ten mój biedny, sponiewierany brat. Nie potrafię ci tego wytłumaczyć jaśniej. Napiszę list, który mu oddasz. Autobus odjeżdża o dziesiątej dwadzieścia.

Kiedy się żegnały – bez pocałunków, powściągliwie – padły jeszcze trzy doniosłe zdania.

– On jest jak chłopiec, który potrzebuje opieki, ale nigdy, przenigdy się do tego nie przyzna. Każdy domysł na ten temat wzbudza w nim wrogość i agresję. Strzeż się tego, dziecko.

W autobusie usiadła przy oknie. Nawet nie spojrzała na pasażerów. Zresztą – prawdę mówiąc – nie było na co patrzeć. Klasa robotnicza nie miała oddzielnych, indywidualnych twarzy. Do pracy lub do domów jechało szare, anonimowe, kołyszące się na zakrętach zmęczenie. Ta autobusowa bliskość wydawała się jedyną dostępną w życiu proletariuszy obojga płci.

Zasnęła i obudziła się za chwilę. Za oknem „przejeżdżały" podobne do siebie pejzaże. Zacisnęła jedną dłoń na czerwonej torebce, a drugą na kopercie wyjętej z kieszeni płaszcza. Pożerała ją ciekawość słów zapisanych eleganckim pismem starszej pani. Zapewne zawierały się w nich opis jej osoby, zalecenie ostrożności i wskazanie sposobów postępowania z kobietą tak dziwaczną. Ale w liście Marii nie było takich rzeczy. Owszem, znalazło się w nim kilka zdań uproszczonej charakterystyki, jednak główną treścią była zakamuflowana skarga. Skowyt samotności kunsztownie wpisany między słowa:

Drogi Fryderyku, mój głupi, kochany bracie,

posyłam w Twoim kierunku kolejną ofiarę. To uboga, dość prosta i bardzo religijna osoba. Nie ma wielkich wymagań. Pokój, utrzymanie, parę groszy na książki... Tyle, ile jest potrzebne człowiekowi niepatrzącemu zbyt daleko w przyszłość. Mówi niewiele, więc nie wiem, co jej siedzi w głowie. Wydaje się, że na razie zadowoli ją ucieczka dokądkolwiek. Nawet do Ciebie. Coś tam się stało, w tym... biednym, niepełnym życiu. Zapewne – jak zwykle – miłość. Zazdroszczę jej tego...

Autobus zatrzymał się na przystanku z napisem: Regny Leśne. Dookoła lasy i nic więcej. Do tego jesień brudnawa i mglista. Wysiadły cztery osoby, pośród nich Marianna. Od razu podeszła do starszego mężczyzny w kolejarskim szynelu. Pokazał drogę wnikającą w las – błotnisty, rudawy trakt. Ruszyła.

Pewnie nie jesteś ciekaw, co u mnie słychać, więc nie będę Cię tym męczyć. U mnie zresztą... nic. Pustka. Ta sama dojmująca nieobecność sensu co u... Ciebie. Nieobecność miłości czy choćby widoków na nią. No cóż, tak właśnie wygląda życie egoistów. Ale Twoja pustka ma więcej urody. Jest malownicza. Tak, w Twoim cierpieniu tkwi jakieś

uwodzicielskie piękno. Poza tym masz… muzykę. Ona Cię
przytula. Zaś ja… Mnie przytula jedynie melancholia.

Szła, nie zatrzymując się. Dzień dość szybko przechodził na drugą stronę, powietrze szarzało i straszyło brakiem konkretu. Kobiecie zrobiło się nieswojo. Przełożyła walizkę z ręki do ręki. Za chwilę zobaczyła przecinek jaśniejszej zieleni, a za nim drogę wychodzącą między pola. Odetchnęła z ulgą.

Co Ci jeszcze napisać, Mój Drogi… Nie złam tej biedaczki
od razu. Daj jej pooddychać powietrzem nadziei na… cokolwiek.
Może w jej pokracznym człowieczeństwie tkwi jakaś prawda, do
której ani Ty, ani ja nie mamy dostępu? Może coś w tym jest, choć
to raczej wątpliwe. Pisz w wolnej chwili. Twoja stara, samotna
siostra, Maria.

Andrzejek stał na tarasie domu nauczyciela, obracał w ustach landrynkę, odbijał się plecami od ściany i bezmyślnie gapił się przed siebie. Nie chciał niczego zobaczyć. Chciał przeczekać czas potrzebny jego matce na wypłacenie należności za lekcję muzyki.

Płaciła sobą; wpuszczeniem nauczyciela między nogi, przyjęciem jego potu na dekolt i nasienia w głąb ciała. Odbywali stosunek zawsze w tej samej pozycji, siedząc na krześle ustawionym w zaułku między pianinem i kanapą. Fryderyk opuszczał spodnie, kładł na skórzanym siedzisku serwetkę w polne kwiatki, siadał, czekał, aż kobieta usadzi się na jego członku, opinał dłonie na jej pośladkach i… pomagał jej poruszać się w górę i w dół. Kobieta nie ukrywała podniecenia. Zachowywała się głośno i nietaktownie. Tak było i tym razem; krzesło przesuwało się pod naporem jej gwałtownych ruchów. Jechali na nim w kierunku okna, jak na koniu – przybliżając się bezwstydnie do światła. Twarz kochanki była czerwona od wysiłku, żyły na skroniach tętniły krwią. Nauczyciel nie przeżywał tych chwil w żaden szczególny sposób. Milczał w oczekiwaniu na finał. Traktował każde ich zbliżenie jak kompozycję muzyczną pośledniejszego gatunku. Nic szczególnie skomplikowanego, strukturalny banał – od piano do forte. Zwykle udawało mu się trafiać ze szczytowaniem w końcową kombinację dźwięków kochanki; w prowincjonalne staccato – dość wulgarne i płaskie.

Skończyli. Irena zeszła z nauczyciela, przemieściła się niezgrabnie w kąt, wytarła nogi, wciągnęła majtki, otworzyła puderniczkę, przypudrowała policzki, uszminkowała usta.

W tym czasie Fryderyk cierpliwie poprawiał gumki od podwiązek trzymających jego skarpetki, potem nalał wody do miednicy i zaczął myć ręce.

Andrzejek nie zdziwił się nadejściem obcej. Zauważył ją, jak tylko wyszła z lasu, i prowadził wzrokiem, nie opatrując tej czynności żadną refleksją. Spodobała mu się walizka. Coś w niej mogło być. Wyobraźnia podsunęła mu kilka obrazów, ale przy żadnym nie zatrzymał się na dłużej. Patrzył w oczy Marianny. Nie opuścił wzroku nawet wtedy, kiedy była już bardzo blisko i mogła usłyszeć spazmy rozkoszy dobiegające z mieszkania. Postawiła walizkę. Miała spoconą twarz i szyję. Sięgnęła do kieszeni, wydobyła z niej kopertę z listem i cukierka. Podała go chłopcu, ten przyjął prezent bez śladu emocji, wypluł na dłoń landrynkę, odwinął cukierka, włożył do ust. Badali się wzrokiem, ale żadne nie odgadło niczego o drugim. Za to polubili się w jednej chwili; w obydwojgu mieszkała bowiem ta sama dzikość i psia potrzeba akceptacji.

Zapukała. Nauczyciel nie otworzył od razu. Ciągle był zajęty myciem rąk. Poza tym dawał czas kochance na doprowadzenie się do porządku. Był pewien, że to puka Andrzejek, a nie chciał narażać dziecka na widok kurwy. Wolał poczekać, aż kobieta pozbędzie się z oczu tego wulgarnego wyrazu i przybierze maskę matczynej serdeczności. Kiedy wreszcie uchylił drzwi, nie zdziwił się widokiem obcej. Umiał już ukrywać zaskoczenia. Mieszkał w Polsce wystarczająco długo, by nauczyć swoją twarz niewyrażania niczego. Marianna bez słowa podała list. Prawie w tej samej chwili zza pleców nauczyciela wyszła Irena, przecisnęła się między framugą a jego ramieniem, po drodze omiotła spojrzeniem obcą i niemal słyszalnie odetchnęła. Ta obca nie mogła jej zagrozić. Nie była konkurencją. Uspokojona zabrała chłopca. Ruszyli w powrotną drogę.

Zostali sami. Marianna była przerażona. Czuła, jak pot spływa jej z karku pod sukienkę, i jak potem po cichu wsiąka w materiał. Była pewna, że całe plecy ma mokre. Modliła się, by ukrzyżowany dał jej siłę przejścia przez tę próbę, by nie zemdlała ze strachu, zanim usłyszy wyrok. Stała naprzeciwko fotela, patrzyła na dużego, mrocznego mężczyznę czytającego list. Nie mogła oderwać wzroku od jego pięknych dłoni. Coś jej przypominały te długie, ruchliwe palce z wypielęgnowanymi paznokciami. Tak, bez wątpienia – to mogłyby być Jego święte dłonie. Ukochanego z obrazu. Przełknęła ślinę nagle podniecona. Musiała uczynić to bardzo głośno, bo Fryderyk odłożył list, zdjął z nosa okulary i wstał.

Nie odezwał się ani słowem, zaszedł za jej plecy, spojrzał na mokrą plamę na płaszczu. Powiększała się. Podszedł bliżej, zawiesił nos nad jej karkiem. Chciał powąchać. Sprawdzić, jak pachnie ten szczególny, wyjątkowy strach. Ludzie, głównie kobiety, bali się go, a jego to podniecało. Lubił uległość, z jaką pochylali głowy, by dać mu zbadać zapach ich przerażenia. I gotowość. Prawie na wszystko. Kiedy poczuła jego oddech (usta blisko karku, powietrze z zapachem gorzkiej mięty, drgnięcie włosków) – nie wytrzymała.

– Starsza pani nakreśliła moje obowiązki. Wiem, na czym mają polegać. Gotuję, piorę… – wyrzuciła z siebie przygotowane zdania.

Nauczyciel zesztywniał. Nie mógł uwierzyć. Ta idiotka zepsuła mu wszystko. Właśnie szykował miejsce dla ważnych słów. Miał nimi nakreślić parametry świata (z nim jako punktem centralnym i jego przyzwyczajeniami jako konstytucją), a ta gęś mu przerwała. Zdenerwowany zakrył jej usta jedną ręką, a drugą chwycił za kołnierz. Podniósł do góry jak kota. Zawiesił jej ucho naprzeciwko swoich ust.

– Za dużo słów – odezwał się. – Zbyt wiele. Obliczyłem, że dwanaście w ciągu dnia wystarczy, żeby się w pełni porozumieć ze światem. A ty właśnie wypowiedziałaś dwanaście. I… ciągle nic o tobie nie wiem.

Nie poczuła bólu. Co innego było silniejsze: bliskość.

Nigdy dotąd nie była tak blisko mężczyzny. Opuścił ją na podłogę.

– Jestem nauczycielem. Dużo słów… Dzieci w szkole nie potrafią się zatrzymać. Rozumiesz?

Nie rozumiała, ale przytaknęła na wszelki wypadek.

– Dwanaście słów – potwierdziła (Błagam, nie odprawiaj mnie – odezwała się w sobie).

Spojrzał nieco uspokojony.

– Skoro moja siostra cię rekomenduje… Ona ma smak. Dobrze. Możesz tu zostać.

Poszli na obchód. Służbówka była małą klitką cztery na pięć metrów. Najpotrzebniejsze sprzęty – łóżko, szafa, stołek, miednica na drucianym stojaku, lampka nocna, wiadro na wodniarce, piecyk żeliwny, węglarka, szufelka. Niewiele. Postawiła walizkę. Nie odezwała się ani słowem. Ciągle była pod wrażeniem bliskości sprzed chwili. Już nie pamiętała strachu, tylko omdlewającą, tandetną słodycz w brzuchu. Coś podobnego zdarzało się jej czasem w kaplicy, ale to nowe, związane z bliskością mężczyzny – było nieporównanie mocniejsze. Mogła przysiąc, że poczuła na pośladku napór jego przyrodzenia. Jeżeli tak było, jeżeli poczuła właśnie… to, to dlaczego się nie odsunęła?

– Tu śpisz, myjesz się, czytasz książki. Wypróżniasz się w wychodku, na zewnątrz – przerwał jej rozmyślania.

Zamilkł, policzył coś szybko w głowie.

– Znowu dwanaście słów. Całodzienny przydział…

Przeszli do kuchni. Uwagę Marianny zwróciła przeszklona szafka na produkty. Kasza, mąka, cukier, bułka tarta, sól, kawa zbożowa, kawa ziarnista, groch, fasola – stały w starannie zamkniętych torebkach i słojach, w równych rządkach, jak żołnierze w koszarach. Podobnie w kredensie – talerze, talerzyki, noże, widelce, łyżki, kubki, szklanki, podstawki ustawione jak na paradzie wojskowej. Nauczyciel był człowiekiem porządnym i skrupulatnym. Wszystko o tym zaświadczało.

Do jego pokoju poszli na końcu. Nie pozwolił wejść, a tylko nieznacznie uchylił drzwi. Zdążyła zobaczyć łóżko, wiszący nad nim duży olejny obraz z afrykańskim pejzażem, masywne podrzeźbiane biurko, serwantkę i stojącą obok… szafę pancerną. Na biurku, w bezlitosnym porządku, leżały sobie książki, dokumenty, przybory pisarskie. Bił od nich chłód.

– Mój pokój. Strefa całkowicie zakazana. Cokolwiek usłyszysz… no, nie wolno. Pod karą.

Nie przestraszyła się. Akurat była zajęta czymś innym, liczyła słowa.

– Znów… dwanaście – oznajmiła z satysfakcją.

Pod wieczór, kiedy już przygotowała kolację – jajecznicę

na słoninie, herbatę, chleb z margaryną – poszła do siebie. Zostawiła go przy stole, bowiem nie była pewna, czy wolno jej usiąść obok. Zabrała ze sobą talerzyk z odrobiną jedzenia i kubek z herbatą. Zadowoliła się kawałkiem białego sera. Czuła, że na razie nie powinna sięgać po więcej. Po kolacji rozpakowała walizkę. Ułożyła ubrania w szafie, ustawiła drobiazgi na półce. Zadała rzeczom ten sam koszarowy porządek co jej gospodarz.

W nocy usłyszała muzykę. Nauczyciel grał własną kompozycję. Nie było tego wiele; jakieś cztery minuty afrykańskiej skargi. Kiedy minęły, nastąpiła cisza, po niej zaś próby nakreślenia nowego utworu. Składały się nań dźwięki rozpaczliwe, naznaczone rozdrażnieniem i niemocą. Nie mógł komponować. Coś mu przeszkadzało. Marianna wsłuchała się w noc. Usłyszała szczekanie psów uderzające w ścianę lasu, odpowiedź Fryderykowego kundla (Pliszka, rudawa suczka, podpalana, wysokie, chude nóżki, obcięty ogon, nieduża) – nic szczególnie przeszkadzającego. Uchyliła drzwi od służbówki. Na szczęście nie zaskrzypiały.

Nie zobaczyła wiele (prawie cały widok zasłaniały plecy Fryderyka), ale w polu jej widzenia pojawiły się dłonie. To wystarczyło. Patrzyła sobie na nie jak na teatr przy świecach. Czuła rozdrażnienie mężczyzny. Widać je było, kiedy poprawiał zapis. Naciskał na ołówek tak mocno, że bielały mu opuszki palców. W końcu złamał rysik. To go rozsierdziło do reszty. Odrzucił zeszyt, zatrzasnął klapę instrumentu, zdmuchnął świece. Znieruchomiał.

Marianna zamknęła drzwi. Była poruszona i pełna współczucia. Nie wiedziała, jak wyrazić solidarność z nauczycielem. Przecież nie mogła pójść tam i powiedzieć, że ona też tęskni i też nie potrafi tego wypowiedzieć. Że podobnie jak jemu, brakuje jej... słów. Wtedy przypomniała sobie o ukrzyżowanym.

Ustawiła obrazek na szafce przy łóżku, uklękła, złożyła dłonie.

– Przepraszam cię – odezwała się cichutko – ale miałam dzisiaj dużo zajęć. O wiele więcej niż zwykle. Ja wiem, to mnie nie tłumaczy, zawiniłam. – Przyciśnięta zmęczeniem nie od razu zauważyła, że jej ukochany milczy. Że nie odzywa się wcale. – Jutro pomodlę się potrójnie albo nawet poczwórnie. Wstanę rano, wcześniej niż zwykle, żeby mieć więcej czasu. Teraz jestem... bardzo zmęczona. Jechałam tyle kilometrów, potem szłam przez las, bałam się tej drogi, potem zobaczyłam tyle nowych, nieoczekiwanych rzeczy; jego dłonie, wyraz oczu. Tak, jego zobaczyłam głównie. On ma

psa i ucznia, ten uczeń ma matkę, która jest lekkomyślna...
Pisze jakąś kompozycję, ale nie potrafi się skupić. Pomóż
mu, proszę, a ja odwdzięczę się modlitwą...

Zamilkła. Zorientowała się, że właśnie proponuje Jezusowi handel, że stara się ubić z nim interes. I że nie słyszy
odpowiedzi – ani jednego słowa. Ale nie popadła w rozpacz.
Postanowiła o tym pomyśleć nazajutrz, po przebudzeniu.
Zasnęła w ubraniu. Nim to się stało, jej prawa dłoń (ta od
kreślenia znaku krzyża) obsunęła się w dół, podążając za
innym obrazem niż zwykle. Za całkiem nowym; oprawioną
w czarne ramy twarzą Fryderyka.

Nie dotrzymała słowa. Nie obudziła się o trzeciej
pięćdziesiąt, nie poderwał jej z łóżka klasztorny nawyk ani
nic innego. Około siódmej drzwi od służbówki otworzył zdenerwowany Fryderyk. Od razu podniósł głos i choć nie ważył
słów, było ich jak zwykle dwanaście.

— Mam służącą, która śpi w ubraniu! Śniadanie zrobiłem
sam! Wychodzę do szkoły.

Kiedy wyszedł, poderwała się z łóżka i wybiegła do sieni.
Spojrzała za nim schowana za framugą drzwi. Znów patrzyła
mu w plecy. Zaczęła przywykać do tej perspektywy, jak do

czegoś, co się jej należy (tak teraz patrzę na świat, bo tak patrzą najmniejsi). Odchodził, nie oglądając się za siebie; jasny płaszcz, kapelusz, w lewej dłoni wytarta skórzana teczka. Zasłaniał sobą prawie całą drogę. Marianna zauważyła, że lekko utyka na lewą nogę, ale że to nie odbiera jego chodowi stanowczości. Za chwilę doszedł do linii świerków. Zniknął przykryty ich majestatem.

Długo potem patrzyła w pustkę (bo tym się stał pejzaż bez nauczyciela muzyki), zanim zaczęła rozglądać się bliżej siebie. Wtedy zobaczyła płot okalający podwórko (rozchwiany, szarozielony, szczerbaty), kilka drewnianych klatek, pokraczną budę z resztką łańcucha i pordzewiałą, dziurawą miską (Pliszka uwiązana na nowszym łańcuchu, zakończonym obrożą, nie tak ciężkim jak ten stary), czerwony samochodzik strażacki, szpadelek, zielone wiaderko oraz kilka innych porzuconych zabawek. Wzruszyła ramionami, odwróciła się, poszła do kuchni.

Na talerzyku leżała kanapka; kromka chleba posmarowana margaryną, na niej plaster białego sera, dwa plasterki pomidora, odrobina cebuli. Obok stał kubek z kawą. Śniadanie dla służącej. Marianna nie mogła uwierzyć. Zanim usiadła, dokładnie obejrzała sobie tę nieoczekiwaność. Kanapka była piękna. Najpiękniejsza. Czegoś tak nadzwyczajnego nie oglądała od lat.

Jadła podarunek powoli i z namysłem. Ostatni kęs położyła sobie na języku jak hostię. Długo czekała, aż zmięknie i da się przyjąć jak... ciało ukrzyżowanego. Dotykały t e g o jego dłonie – pomyślała. A potem pomyślała jeszcze zuchwalej (ten chleb... uświęciły dłonie Mojego Pana). Ale nie wypowiedziała tej myśli na głos. Nie była jeszcze gotowa.

Dzień poszedł do przodu, a z nim wszystkie nowe sprawy. Nakarmiła Pliszkę kaszą okraszoną skwarkami i polaną tłuszczem, wymyła jeden kubek, jeden talerzyk, jedną łyżeczkę i jeden nóż, pozamiatała izby, zmyła podłogi. Nie, to nie była wyczerpująca praca, ale zostawało przy niej dużo czasu na myślenie. Dopiero to było trudne. Marianna nie była pewna, ku czemu zmierza. Miała wprawdzie mglisty plan, mieściły się w nim nadzieje na lepsze życie, ale nawyki z przeszłości ciążyły jak kamienie. Godziny, choroby, modlitwy, łóżka szpitalne, twarze poznawane na tygodnie – to weszło w krew i naznaczyło organizm regularnością. Brakowało jej wskazówek, kartek z zapisanymi obowiązkami, porami dnia i godzinami; rano to, później to, w południe Anioł Pański, potem kolejne obowiązki, po południu jeszcze coś i jeszcze coś, pod wieczór to i to, jakaś kolacja albo palenie w piecu. Chciała wiedzieć do przodu, a nie wiedziała. Usiadła na łóżku w swoim pokoju i rozpłakała się w głos.

– Panie, otwórz wargi moje... a usta moje będą głosić twoją chwałę – wyszeptała mechanicznie, nawet nie opierając spojrzenia na twarzy ukrzyżowanego. Ale odezwał się, był miłosierny.

– Kudi ty idiesz, durna diwczinka? – zapytał. – Ku czemu idziesz? Idziesz ku czemuś?

– Nie wiem – odpowiedziała.

Wyjęła z walizki srebrną łyżkę i niewielki płócienny woreczek, rozsupłała go, wydobyła ze środka zawiniątko. To była szara, flanelowa szmatka z czymś ciężkim i czymś ważnym, bo twarz Marianny pojaśniała radością.

Pobiegła w kierunku lasu – lekko jak dziewczynka. Zatrzymała się po stu metrach, odwróciła, spojrzała na dom z perspektywy kogoś, kto przychodzi. Nie był piękny; przysadzista kolejarska chata z dachem pokrytym blachą, drewnianym tarasem podpartym słupami, z barierkami jak z westernów i klepiskiem zamiast podwórka. Z tyłu, za plecami chatki biegła linia kolejowa, ale nie jeździł już tamtędy żaden pociąg. Szyny zardzewiały, trakt zarósł liściastym samosiewem. Zmrużyła oczy. Po chwili obserwacji uznała, że najmniej widoczny jest prawy tylny narożnik domu. Jego brąz zlewał się z brązem świerkowych pni majaczących za szynami. To odwracało uwagę.

Kucnęła przy narożniku, wbiła łyżkę w ziemię. Trafiła na

piasek pomieszany z igliwiem, podłoże miękkie i ustępliwe. Już po kilku minutach wykopała otwór głęboki na trzydzieści centymetrów. To wystarczyło. Starannie wytarła łyżkę w fartuch, potem wydobyła z kieszeni sweterka zawiniątko. Kiedy je rozwinęła, pokazały się dwie niewielkie sztabki złota z napisem: „one ounce fine gold 999,9” oraz dwie złote monety z wizerunkiem cara Mikołaja II. Spojrzała na skarb mieszczący się w dłoni. Miał jej przynieść coś dobrego, spełnić zaklętą w nim obietnicę. Z czułością zawinęła go znów w szmatkę i złożyła na dnie skrytki. Zasypała dziurę ziemią, udeptała i dla wszelkiej pewności zamaskowała liśćmi.

Naprawdę nazywała się Domacha Bowtromiuk i była sierotą. Jej rodzice, Semen Bowtromiuk i Ulana Kłyczko, spłonęli w swoim domu w Półhanach w powiecie horochowskim w październiku 1943 roku. Spalili ich rodacy z UPA, przekonani, że palą Polaków. Błąd odkryto jeszcze tego samego dnia, kiedy półżywa Domacha wygrzebała się spod podłogi. Przeżyła w beczce z resztkami kapusty kiszonej i bryłami lodu trzymanymi w trocinach od zimy. Siedziała w niej do wieczora. Kiedy wychodziła z beczki, woda ze stopionego lodu była ciągle ciepła i kwaśna. Jak kapuśniak. Małą Domaszkę czuć było kapustą jeszcze przez wiele miesięcy. Partyzanci z oddziału, który wziął ją pod opiekę, ze śmiechem zatykali nosy, kiedy przechodziła. Starała się odpowiadać tym samym, ale jej nie było tak wesoło jak im; miała pięć lat, jadła żołnierskie jedzenie, mieszkała w ziemiankach, wybierała wszy z włosów – sobie i bandytom. Któregoś dnia ostrzygli ją na łyso, dali tobołek z chlebem, książeczką do nabożeństwa i karteczkę z fałszywym nazwiskiem. Tak wyposażona trafiła pod bramę ochronki klasztornej w Brześciu. Siostry wykąpały ją, nakarmiły, nauczyły modlitw, pieśni i pracowitości. Wkrótce popadła w religijną przesadę. Była tak gorliwa, że przylgnęło do niej przezwisko małej świętej. Dotrwała z nim do nowicjatu i święceń zakonnych. To była naturalna droga.

Teraz miała trzydzieści jeden lat, stała przy narożniku domu i z obrzydzeniem patrzyła w kierunku ustępu. Perspektywa załatwienia potrzeby w tym miejscu przerażała ją. Strach pochodził z dzieciństwa; z pożaru sprzed lat, z krzyku rodziców, z siedzenia w beczce z kapustą, a potem z dzielenia leśnych ustępów z wojskiem. Ale nawet takie wytłumaczenie nic nie zmieniało.

Stała i stała, na koniec przyciśnięta bólem brzucha ruszyła w kierunku drewnianej budki. Usiadła i zaraz poczuła ulgę. Uśmiechnęła się do swoich niedawnych lęków i myśli powiązanych z ich ucieczką (Uciekły dołem, nie górą. Nie przez głowę, tylko przez...). Zaczerwieniła się. Sięgnęła po papier, ale w porę powstrzymała dłoń. Na gwoździu wbitym w deskę wisiały jedynie kawałki gazet; zdjęcia, ogłoszenia, artykuły, nazwiska, manifestacje, fabryki, plany pięcioletnie. Papier dość lichy, ale jednak przeznaczony do innych spraw (Nie, tego nie użyję. W żadnym razie. Jak można takie rzeczy trzymać w wychodku?). Spojrzała niżej, w róg ustępu, na zeszyt w czarnej tekturowej okładce. Wystawały z niego kolorowe pocztówki. Sięgnęła po znalezisko, otworzyła i… omal nie zemdlała z wrażenia. To były zdjęcia pornograficzne. Talia kart; obrazki kolorowe, starannie wykonane, nieco staroświeckie, ale przecież eksponujące te wszystkie obrzydliwe rzeczy…

Ułożyła je w dłoni, zaczęła przeglądać kartę za kartą, obejrzaną wkładała pod spód, aż dotarła do pierwszej i wtedy… zaczęła oglądać jeszcze raz. Nie potrafiła się zatrzymać. Już nie widziała twarzy, tylko kolejne wielkie kutasy tkwiące w ustach, pochwach i odbytnicach, białe strumienie spermy, różowe piersi, dłonie zaciskające się na pośladkach. Uderzyła w nią fala podniecenia. To coś, co się narodziło, było ciepłe i kleiste. Silniejsze od wszystkiego, co znała dotąd (Jestem kurwą z brudnymi myślami. Chce mi się spółkować z mężczyzną. To może być ktokolwiek). Nawet nie próbowała z tym walczyć. Nie było po co, bo organizm już poszedł za swoim powołaniem. Nagle podniosła jedną z fotografii do ust i dotknęła jej wargami. Na szczęście uczyniła to na tyle delikatnie, by później wmawiać sobie, że to nie był pocałunek (To nie był pocałunek. Nic takiego. Zwykła próba znalezienia odcisku jego palca, mikrośladu, którym naznaczył to obrzydliwe zdjęcie).

Fotografia była słona i piekąca. Marianna oprzytomniała. Podniosła tyłek, wrzuciła zeszyt z talią kart w głąb kloacznego dołu, podtarła się gazetą i jak oparzona wyskoczyła z ustępu.

Wróciła za chwilę uzbrojona w drut z zagiętą końcówką. Była pełna pogardy dla siebie, ale chciała wyciągnąć te świńskie fotografie z odchodów. Pochyliła głowę nad otworem ustępu. Wiedziała, że pasują do siebie – ci ludzie ze zdjęć i to miejsce, tak jak gówno pasuje do gówna – jednak odruch, który kazał jej wrócić, był silniejszy od rozumu. W ciągu następnych dwudziestu minut przez głowę Marianny przeszło wiele przekleństw i obrzydliwych słów. Żadne jej jednak nie zatrzymało. Na koniec, z twarzą wykrzywioną od smrodu – wydobyła kartę po karcie. Pięćdziesiąt dwie sztuki.

Umyła karty w misce znalezionej pod płotem, potem wymoczyła w wodzie zmieszanej z lawendą. Kąpiel wprawdzie osłabiła karton, wypłukała odrobinę koloru, ale nie zabrała z fotografii tego czegoś, co otwierało w Mariannie drogę do niej samej – czarnej jak noc, rozpalonej i groźnej. Na razie o tym nie myślała, bo trzeba było karty przypiąć pineskami do ściany i wystawić na słońce. Kiedy to zrobiła, usiadła na schodkach tarasu. Słońce przypaliło, zdjęło ciężar ze wszystkich ciężkich rzeczy. Grzesznica podniosła głowę i zamknęła oczy. Dała przystęp rozkoszy.

Nauczyciel nie słuchał. Patrzył w pustkę wyznaczoną w powietrzu, między dwoma oknami szkolnej izby. Zbliżało się południe, z ulic miasteczka Regny zniknęli ludzie, jakby ktoś zdmuchnął ich dla żartu. Za chwilę zadzwonił dzwon na Anioł Pański i miasteczko znów ożyło. Wrócił gwar, zatrąbił autobus, radio za ścianą zagrało. Tak w każdym razie zdawało się Fryderykowi, który nie starał się zrozumieć zbyt wiele z miejscowych spraw. Siedział za biurkiem w skromnej klasie, przed sobą miał rzędy ławek, w nich obywateli smarkatych z całej okolicy. Siedziało toto w granatowych, połyskliwych fartuszkach z dopinanymi kołnierzami, bało się i nic a nic nie rozumiało. Ani jedna głowa nie wypuściła wartościowej myśli, tylko ciche modlitwy o koniec tej męki. Najbardziej umęczony stał pod tablicą; dziesięcioletni muzykant w krótkich spodenkach i grubych, wełnianych podkolanówkach. Pod brodą trzymał skrzypce, gapił się na pięciolinię wyrysowaną na tablicy, ale uwięzione tam nutki nie chciały przeskoczyć do jego rąk. Ciągnął smykiem w tę i z powrotem, starał się, jak mógł, muzyka jednak nie przychodziła. Zamiast niej w powietrzu gęstym od próśb o ratunek rodziły się dźwięki zgrzytliwe i bolesne.

Nagle przyszła ta chwila. Ból spadł jak błyskawica i poraził Fryderyka. Nauczyciel nie zdążył tego ukryć. Szybko opuścił dłonie pod biurko. Rozejrzał się po klasie, ale nie napotkał żadnej pary uważnych oczu. Wszystkie — bez wyjątku — wyrażały jedynie bezmiar znużenia tą niekończącą się lekcją. Mężczyzna zacisnął jedną dłoń na nadgarstku drugiej. Stopa obuta w czarny trzewik zaczęła drżeć, na czole pojawiły się krople potu. Na szczęście zadzwonił dzwonek na przerwę i dzieciska poderwały się z miejsc. Grajek spod tablicy spojrzał błagalnie w oczy swojego oprawcy.

— Ładnie grałeś, Józio. Ładnie — usłyszał.

Wracał pochylony. Przygotowany na atak bólu. Znał swoją chorobę i wiedział, co nastąpi po czym. Szedł bardzo ostrożnie, stawiając krzywe, niepewne kroki. Skórzana teczka ciążyła mu jak ołów. W którejś chwili stanął z braku oddechu. Przez przecinkę przebiegło stado saren, las ożył na chwilę i znów zamilkł. Nauczyciel nabrał powietrza przez nos, skulił się, przyklęknął na kolano. Kapelusz stoczył się po ramieniu i upadł obok teczki. Mężczyzna odpiął skórzaną klapę, wyjął buteleczkę z lekarstwami, wysypał na dłoń trzy pastylki, połknął. Poczekał kilka minut, potem wstał. Schylił się po kapelusz.

Wieczorem usiedli naprzeciwko siebie – on i służąca. Żadne nie liczyło słów wypowiedzianych tego dnia, więc na wszelki wypadek milczeli. Fryderyk spojrzał na talerz. Zupa pomidorowa zaznaczyła na nim nierówną linię. Owszem, kolor był dobry, ale granica między bielą porcelany a czerwienią nie podobała mu się. Była rozmyta przez niezręczność Marianny, przez nieuważne postawienie talerza na stole („Brak skupienia. Nieustanny brak skupienia. Rozproszenie. Jak ta idiotka chce żyć? Umrze" – wypowiedział w myślach dwanaście słów, ale one nie liczyły się do bilansu). Mężczyzna sięgnął po serwetkę, zwinął ją w lejek i starannie wyrównał ślad po zupie. Dopiero po naprawieniu tego błędu mógł zacząć jeść.

Czas płynął pod dyktando kolejnych łyżek podnoszonych do ust. Nie patrzyli na siebie, nie mówili. Tortura. Marianna starała się naśladować rytm Fryderyka, ale to nie był jej rytm. Zjadła pierwsza, wstała, odstawiła talerz. Kiedy wróciła, zauważyła, że włosy nauczyciela są mokre, że po skroniach płyną krople potu, zawisają na nosie i brodzie, ciążą, odrywają się i spadają na krawędź stołu. Ledwo potrafiła się powstrzymać, by nie śledzić ich lotu. Za chwilę nauczyciel odezwał się, nie uprzedzając tego faktu żadnym przygotowaniem.

– Moja choroba nazywa się malaria. Przywiozłem ją z Kenii... Matka pracowała tam jako lekarka. Niedaleko Nairobi. Leczyła czarną biedotę, głównie... dzieci. Ojciec był inżynierem i muzykiem. Pianistą. Budował mosty, strzelał do dzikich zwierząt i... tęsknił. Mieliśmy duży dom nad wodospadem. Piękne dzieciństwo...

Marianna otworzyła usta ze zdumienia. Nie mogła uwierzyć. Mężczyzna wypowiedział czterdzieści jeden słów. To nie mieściło się w żadnych ustaleniach. Spojrzała z wyrzutem.

– Wiem, wiem... dużo słów. Rozrzutność. Sam jestem tym zdziwiony.

Sięgnął po papierośnicę, wyjął papierosa zza gumki, obstukał go o wieczko, zapalił. Czynności były staranne i wyważone. Nienaganne. Wydawało się, że specjalnie wystawia na widok swoje piękne dłonie, by kusić nimi służącą. Spojrzał jej prosto w oczy. Teraz on czekał na słowa. Kobieta zesztywniała. Nie była gotowa na przemówienie, choćby najkrótsze. Pokręciła głową na znak sprzeciwu, ale zaraz przypomniała sobie, kim jest. Ze złością podniosła do góry dłonie zaciśnięte w pięści. Zaczęła mówić, otwierając jednocześnie palce – po jednym na każde słowo.

– Dwa razy poroniłam. Jedno dziecko urodziłam martwe. Mąż mnie zostawił. To wszystko.

Po wypowiedzeniu dwunastego słowa poderwała się od stołu. Była zła i upokorzona przymusem. Wybiegła z domu. Długo chodziła w tę i z powrotem. Na chwilę stanęła przy rogu domu, w miejscu, w którym zakopała złoto. Chciała poczuć bijące od niego ciepło, ale nie poczuła. Podeszła do Pliszki. Suka ucieszyła się Marianną jak każdym. Zamerdała kikutem ogona, podstawiła łepek do głaskania.

– Jestem człowiekiem – odezwała się Marianna, by usprawiedliwić ludzkie słabości. – Skłamałam, bo jestem człowiekiem – powtórzyła, ale Pliszka nie potrzebowała żadnego wytłumaczenia.

Uległa pokusie. Nie dała rady się powstrzymać, chociaż walczyła z tą klejącą potrzebą przez pół dnia. Schowała karty za szafą, potem w łóżku, wreszcie wcisnęła je pod deskę przy listwie podłogowej. Ale zawołały o siebie, były silniejsze (Jestem człowiekiem – po raz kolejny usprawiedliwiła się w myślach). Rozłożyła zdjęcia w kilku rządkach. Tym razem chciała zobaczyć wszystkie naraz. Ułożyła je na kołdrze równiutko i starannie, jak pacjentów w łóżkach szpitalnych.

– Przyzwyczajam się do grzechu – wyszeptała.

Jej uwagę zwróciła jedna z pornograficznych aktorek, blondynka z dziecięcą buzią, uwięziona między dwoma mężczyznami. Patrzyła w oczy Marianny tak niewinnie, jakby nie była zdolna do żadnego grzechu. Wydawało się, że w akcie seksualnym uczestniczy tylko jej ciało, zaś reszta – umysł i dusza – są zajęte czymś zupełnie innym. To dodało Mariannie odwagi. Dotknęła tej miłej buzi opuszkiem palca.

Nie zabolało od razu. Ból pojawił się później, po samogwałcie. Zasłużyła nań w pełni. Właściwie zasłużyła na cierpienie jeszcze większe. Sięgnęła do walizki po płócienny woreczek – jeden z kilku. Wysypała na podłogę piach pomieszany z ziarnami pszenicy. Musiała się ukarać. Jak najprędzej. Rozebrała się bez porządku, zdjęła sweter, sukienkę, batystową halkę, podkolanówki, majtki, biustonosz. Położyła się na pokutnej posadzce, rozłożyła ręce.

– Ojcze nasz, któryś jest w niebie, święć się imię twoje, przyjdź królestwo twoje, bądź wola twoja…

Spodziewała się ulgi. Tak działała zimna posadzka w klasztorze. Ulga i poczucie lekkości. Jeżeli w bilansie strat i zysków coś miało przemawiać na korzyść klasztoru, to była tym właśnie posadzka. Podłoga w służbówce u Fryderyka nie chciała działać tak samo. To rozproszenie. Jestem po prostu rozproszona – pomyślała. Zaczęła jeszcze raz, uprzedzając słowa chwilą koncentracji.

– Ojcze nasz, któryś jest w niebie, święć się imię Twoje…

Przerwała. I tym razem modlitwa nie poszła po jej myśli. Prawdę mówiąc, rozzłościła ją zamiast uspokoić. Zadziałała nie jak modlitwa, ale jak jej przeciwieństwo. Marianna nie zamierzała się poddać. Przy kolejnej próbie nacisnęła na słowa, by poczuły siłę jej zamiaru. Wypowiedziała je mocno i wyraźnie, potem powtórzyła jeszcze raz. Wszystko na darmo. Ulga nie nadeszła. To rozsierdziło grzesznicę do granic. Zaczęła uderzać otwartą dłonią w podłogę – raz za razem, coraz mocniej.

– …Jako w niebie, tak i na ziemi! Na ziemi! Tutaj!

Poruszyły się przedmioty w służbówce. Każdy przyjął na siebie część gniewu pokutniczki. Obraz z czarnym ukochanym omal nie spadł z szafki. W głębi domu rozległo się skrzypienie otwieranych drzwi. To nauczyciel wyszedł z pokoju. Marianna znieruchomiała.

Zasnęła późno, musiała bowiem strząsnąć z ciała pszenicę i piasek, zebrać do woreczka, pozamiatać, wyjść przed nocą do ustępu.

Obudził ją krzyk Fryderyka. Poderwała się z łóżka i nie od razu zrozumiała, gdzie jest. W pierwszym odruchu chciała sięgnąć po klasztorną bieliznę, ale nie znalazła jej pod ręką. To nie był klasztor, a ona nie była już boromeuszką. Przypomniała sobie, kim jest; świecką dziwką, zboczoną służącą, kurwą z robaczywymi myślami. Oprzytomniała.

Krzyk nie powtórzył się ani za chwilę, ani za godzinę.

W zabronionym pokoju słychać było oddech Fryderyka i tykanie zegara. Siedział w fotelu opatulony w koc, roztrzęsiony, wściekły na chorobę dyktującą mu warunki. Nudził się oczekiwaniem na kolejny atak, więc też zrobił rachunek.

– Jestem starcem, który zasłużył na samotność. Nawet ta choroba mi się należy – wyszeptał.

Policzył w myślach słowa. Wszystko się zgadzało.

Siedzieli przy stole ze wzrokiem utkwionym w talerzu z kanapkami. Nie jedli. Milczeli, żeby nie wyczerpać przydziału słów na błahe sprawy. Żadne nie wspomniało o zdarzeniach minionej nocy. Naturalnie, wiedzieli jedno o drugim – ona o krzyku, on o przesadzonej modlitwie – ale milczeli taktownie. Fryderyk był poirytowany, ledwo pozorował spokój, jednak trwał w tym kłamstwie przez długie minuty. Powodem były kanapki; ich ilość, kształt, wielkość, rozłożenie składników, słowem – kompozycja. To była – rzecz jasna – słaba, niezrównoważona kompozycja. Żałosna. Kanapki nie powinny tak wyglądać – pomyślał i westchnął głośno.

– Za dużo masła, kromki cieńsze. Kiełbasa też. Do herbaty mniej cukru. Oszczędzamy.

Marianna przyjęła przyganę z opuszczoną głową. Bała się spojrzeć w oczy nauczyciela; była pewna, że to ją zdemaskuje. Po chwili przemogła się jednak.

– Nie ma szkoły dzisiaj? – zapytała drżącym głosem.

Nie odpowiedział. Położył palec na ustach, na znak, że słowa już wyczerpane. Skończyły się.

Przez okno wychodzące na drogę zobaczyli dwie zbliżające się figurki ludzkie, dużą i małą. Irenę Rudzińską z synem Andrzejkiem. Fryderyk wstał. Nie dotknął kanapek.

Irena była żoną powiatowego sekretarza partii Stanisława Rudzińskiego. Przywiózł ją tutaj z innego, piękniejszego świata. Z Nowej Huty. Nie miała dobrego pochodzenia, była córką szlachetki laudańskiego, Romana Butyrowicza-Żarskiego, który rozpuścił majątek na kobiety lekkiego prowadzenia i karty, a potem – jako major rezerwy – zginął w pierwszej potyczce z Niemcami. Jak zapisano w raporcie dziennym 17 Szwadronu Wołyńskiej Brygady Kawalerii z dnia 3 września 1939 roku: „Major Roman Butyrowicz-Żarski zginął bohatersko, prowadząc szwadron do ataku na stację kolejową w Kamieńsku". Nieliczni wiedzieli, że prawda wygląda inaczej, że laudański szarak upił się samogonem, spadł z konia i roztrzaskał sobie łeb. Mimo chaosu wojsko zadbało o szczegóły, wysłało do żony pijaka i jego trzyletniej córki paczkę z orderem oraz żołd za miesiąc służby (z dodatkiem rodzinnym – trzysta dwadzieścia pięć złotych polskich). Order pomógł Irence, kiedy po śmierci matki w marcu 1951 roku dostała się do zasadniczej szkoły metalurgicznej w Nowej Hucie. Pokazała go nauczycielowi języka rosyjskiego Stanisławowi Rudzińskiemu, a ten polecił nieszczęsnej ukryć jej życiorys i załatwił miejsce w liceum pedagogicznym. Wybuchła miłość jak z filmu. Stanisław ożenił się z Ireną, poszedł po linii partyjnej, został sekretarzem wydziałowym partii, otrzymał mieszkanie i pensję z dodatkiem funkcyjnym. Żyli sobie wygodnie i spokojnie. Stanisław jeździł na zebrania partyjne, Irena puszczała się z jego kolegami, piła wódkę i od czasu do czasu szampana. Czekolada kosztowała wtedy dziewiętnaście złotych, zaś pudełko landrynek trzy sześćdziesiąt. Kurwa miała pod dostatkiem jednego i drugiego, a nawet pomarańcze z Kuby raz na trzy miesiące. Nieszczęście spadło na rodzinę nagle i bez uprzedzenia. Kochanek przeszukał szafkę nocną Rudzińskiej, znalazł order i legitymację z nazwiskiem. Tak nie mógł się nazywać nikt porządny. Za dwa nazwiska ojca Ireny sekretarz Rudziński został zesłany na prowincję. Spadał w dół jak kamień, aż zatrzymał się w powiatowej organizacji partyjnej, w gównianym miasteczku Regny.

Oto historia kobiety, która wraz z małym synkiem Andrzejkiem zmierzała do najniebezpieczniejszego ze wszystkich jej kochanków, właściciela dwóch nazwisk, z których jedno ukrywał starannie, nauczyciela muzyki – Fryderyka Greszela-Kochanowskiego.

Nauczyciel usiadł przy pianinie jako pierwszy. Uczeń miał tylko patrzeć i zapamiętywać. Nic więcej. Takie lekcje zdarzały się rzadko i bardzo Andrzejkowi odpowiadały. Brały się z nagłej poprawy samopoczucia mistrza, z jakiejś ledwo widocznej radości, ta zaś – nie wiadomo skąd. Wtedy nie przeszkadzał Fryderykowi świat ze wszystkimi jego opresjami; niedostatecznie dobrze skomponowanym śniadaniem, głupotą ustroju, który nie poznał się na jego talencie, szczekaniem Pliszki, biedą, prostactwem służącej czy wulgarnością kochanki. Przyznawał się do posiadania czegoś niewidocznego. Jakiejś drobnej własności przebudzanej od czasu do czasu. Przywoływanej ostrożnie, żeby jej nadmiar nie okaleczył codzienności.

Marianna od razu zauważyła różnicę. Jego dłonie były lżejsze niż zwykle. I jeszcze bardziej zniewalające. Usiadła na stołku przy framudze. Stąd mogła widzieć plecy Fryderyka tylko nieznacznie przysłonięte krawędzią drzwi. Nie słuchała muzyki. Patrzyła. Polowała na chwile, w których dłonie pojawiały się na widoku, a kiedy to następowało, przyklejała się do nich wzrokiem. Spojrzenie było tak silne, że wyczuła je kochanka nauczyciela. Odwróciła się w poszukiwaniu źródła gwałtu. Marianna nie zdążyła uciec. Mierzyły się wzrokiem przez dobrych pięć sekund. Służąca przegrała. Wstała i poszła do kuchni.

Stanęli na tarasie – Marianna i Andrzejek. Każde po swojej stronie drzwi. Słońce wystrzeliło zza chmury i oślepiło ich, więc zmrużyli oczy. Wyglądali jak para zaprzyjaźnionych ze sobą staruszków. Odbijali się na przemian od ściany, milczeli, czekali na prawdziwy koniec lekcji. Kobieta wyjęła cukierka z kieszeni sweterka. Wyciągnęła rękę w kierunku towarzysza. Przyjął prezent. Wypluł landrynkę na dłoń, odwinął cukierka i włożył do ust. Nawet nie popatrzył za Marianną, kiedy zeszła z podestu i zakradła się do okna.

Widok nie był wyraźny, bo firanka rozmywała szczegóły, a i światła docierało do pokoju niewiele. Irena siedziała okrakiem na nauczycielu, na tym samym krześle co zwykle. Widać było jej plecy, podwiniętą do pasa spódnicę, koronkowy pas, zaś niżej majtki zawieszone tuż nad butem i pomarszczoną pończochę. Podnosiła się i opadała tak regularnie, jakby tym razem podniecenie nie miało do niej przystępu. Ale miało; wewnętrznie wyła z rozkoszy, a powściąganie krzyku było sednem przyjemności. Spółkowała jak kurwa z hotelu. Czuła na plecach spojrzenie Marianny i cieszyła się nim. To był naddatek. Premia dla dziwki. Obejrzała się. Znów oczy spotkały oczy. Obydwie przeczytały to, co było napisane: jedna – odurzenie miłością, druga – pożądanie.

Rudzińska wyszła z domu Fryderyka jak z kawiarni. Była zadowolona. Bez słowa wzięła syna za rękę i pociągnęła za sobą. Nawet nie spojrzała na służącą siedzącą pod płotem. Nie musiała. Marianna odprowadziła ich wzrokiem tak daleko, jak to było możliwe. Wkrótce przepadli za linią drzew. Wtedy z domu wyszedł Fryderyk. Był ubrany w swój niemodny garnitur, płaszcz i kapelusz. W ręku trzymał teczkę wypchaną bardziej niż zwykle. Wybierał się do szkoły, ale zwlekał z opuszczeniem posesji. Najwyraźniej zależało mu na tym, by utrzymać odległość dzielącą go od ucznia i jego matki. Spojrzał na zegarek, dotrwał do wyznaczonej przez siebie godziny, ruszył. I on nie spojrzał na Mariannę. Poszedł swoim nierównym krokiem. Po chwili stanął, odwrócił się i odezwał ze zwykłym poczuciem wyższości:

– Nie podglądaj. Nie ma po co podglądać. Wracam jutro wieczorem. Nakarm psa.

Została sama. Nie miała dużo pracy na ten dzień; zmywanie podłóg, karmienie psa. Nie musiała gotować obiadu, no chyba że zupę dla siebie. Ta nagle uzyskana wolność wytrąciła ją z równowagi (Nie wróci na noc, więc gdzieś będzie spał. Gdzie? Czy tam będzie jakaś kobieta, ktoś taki jak Irena Rudzińska?).

Poszła do pokoju z pianinem, usiadła na obrotowym stołku. Na chwilę zawiesiła dłonie nad klawiaturą. Opuściła palce tak nisko, że prawie dotykały klawiszy. Wisiały milimetr nad listewkami z kości słoniowej i... drżały z rozkoszy. To było wszystko, na co potrafiła się zdobyć. Zuchwałość niewyobrażalna – nie do pomyślenia jeszcze kilka dni wcześniej. Dotknięcie, wydobycie dźwięku z bechsteina było jeszcze przed nią. Wyznaczało perspektywę zdobywania tego miejsca dla siebie.

Tak, miała plan, by stać się tu osobą najważniejszą. Właśnie to sobie uświadomiła, i ta nagła myśl dodała jej odwagi. Przesiadła się na krzesło kochanków. Skrzypnęło pod nią, a potem, kiedy się uniosła – wydało odwrócony dźwięk. Sięgnęła po serwetkę w polne kwiatki, ułożyła na siedzisku, powtórzyła próbę. Tym razem dźwięk zabrzmiał inaczej, tak jak powinien. Wsunęła dłoń między nogi, poprowadziła palec do miejsca, które już czekało, było wilgotne i otwarte. Pierwszy raz onanizowała się bez poczucia winy. Nie przerwała nawet wtedy, kiedy jej wzrok natknął się na święty obrazek zatknięty za ramę obrazu z Afryką.

Nasycona poszła do służbówki. Obowiązek kazał jej wysypać na podłogę ziarno pomieszane ze żwirem, pochodzące tym razem z innego, zielonego woreczka. Pomodliła się, leżąc na nim krzyżem. Poszło lepiej niż ostatnio. Ukrzyżowany uśmiechnął się. Był wyrozumiały jak nigdy dotąd.

Napaliła pod kuchnią, nagrzała kocioł wody, przygotowała sobie kąpiel. Postanowiła mieć ten dzień dla siebie. Długo siedziała w blaszanej wannie, mrucząc z zadowolenia jak kot.

Przyszło popołudnie, słońce opuściło się nad las. Marianna wykopała woreczek ze złotem. Nim też chciała się nacieszyć. Oglądała monety pod światło, zawieszając je w powietrzu raz z lewej, raz z prawej strony słonecznej tarczy. Położyła się. Ziemia była nagrzana i przyjemna. Zakryła powieki złotem.

Noc przyprowadziła tęsknotę. To było nowe uczucie. Dotąd Marianna tęskniła za dzieciństwem; za ojcem i matką, których twarzy nie zapamiętała. Coś tam smużyło na granicy pamięci, jakieś ludzkie mgły bez uśmiechów. To mogli być oni – tata i mama – ale odarci z konkretów tak ważnych, jak oczy, usta, włosy. Nie było pewności. Tęskniła też za miejscem, które otarło się o wczesną pamięć zapachem igliwia palonego w piecu, smakiem krowiego mleka i kaszy jaglanej. Ale ta nowa tęsknota – narodzona w noc nieobecności Fryderyka – miała jego twarz, jego kulejący chód i jego szerokie plecy. Nade wszystko jednak – jego dłonie. Nie mogła zasnąć. Wyszła na dwór, przytuliła się do Pliszki. To przyniosło odrobinę ulgi.

Znów wróciła do domu. Nacisnęła klamkę w drzwiach zabronionego pokoju. Nie ustąpiły. Chciała jakoś doczekać rana. Dzień z jego obowiązkami miał skrócić jej oczekiwanie na powrót Fryderyka. Ale ciągle trwała noc i ciągle trwała tęsknota. Usiadła na krześle miłości. Nie, teraz nie miała nastroju na grzeszne zabawy. Mogła przecież użyć zakazanych kart, ale i one jej nie pociągały. Zresztą dotykała ich tylko dlatego, że pamiętały jego dotyk. I wcale nie pocałowała tamtej kobiety. Ledwo musnęła karton ustami. Usiadła na krześle miłości z innego powodu. Chciała się do czegoś przyznać, i za chwilę uczyniła to bez wstydu.

– Kocham mężczyznę. Pragnę go. Jestem gotowa oddać mu wszystko, co posiadam. Wszystko – wyznała w dwunastu cichych słowach.

Tego dnia Fryderyk miał tylko dwie lekcje. Pierwszą spędził, słuchając z dziećmi radia, drugą – zapisując na tablicy nową melodię. To nie było nic trudnego, jakaś ludowa przyśpiewka; w sam raz na tępe uszy gówniarzy.

Z ulgą opuścił szkołę, poszedł na przystanek, wsiadł do pierwszego autobusu z brzegu. Jechał przez godzinę, jedenaście przystanków. Jeszcze jeden przystanek i miałby swoją ulubioną liczbę. Właściwie dlaczego tak ją lubił? Przecież nie wierzył w te bzdury o dwunastu apostołach i... ostatniej wieczerzy (Przecież nie wierzę w te idiotyzmy – pomyślał).

Wysiadł w Odrzywole, miasteczku nieco większym i ładniejszym niż jego zasrane Regny. Tu przynajmniej byli ludzie, których twarze coś wyrażały, był rynek z ratuszem, parę sklepów, fryzjer, apteka, szewc, rymarz, kawiarnia, a nawet dentysta i felczer. Wszedł do sklepu spożywczego, kupił chleb, masło, oranżadę i kawałek twardej marmolady z bloku. Tak zaopatrzony ruszył w kierunku kościoła.

Kościółek stał na wzgórzu; banalny brzuchaty barok z liszajami. Tynk opadał przez lata, ktoś to łatał, zamalowywał, ratował, jak mógł. Blacha na wieżach pordzewiała, przepuściła wodę, belki zaciągnęły pleśń i zgniliznę. Żałosny obraz. Ale we Fryderyku wywołał coś na kształt uśmiechu zadowolenia. Z kościoła wyszedł kościelny Mączka, złamany wpół staruszek. Był tak ucieszony pojawieniem się Fryderyka, że przez dłuższą chwilę nie potrafił wydobyć z siebie głosu.

– Miał pan rację, panie Fryderyku... – odezwał się wreszcie. – Miał pan rację. Blaszki były niedobre; za grube i nierówne – nie wibrowały tak, jak potrzeba. Języczek w piszczałce to najważniejsza sprawa... Wymieniliśmy na wycięte ze starych piszczałek z Romanowa. Proboszcz załatwił parę sztuk.

– A druty strojące?

– Też wymieniliśmy na stare – pochwalił się. – Ale jeszcze słabo nastrojone, potrzebne ucho mistrza.

Weszli do środka. Kościelny podreptał przodem, nabrał wody święconej na palce, przyklęknął, przeżegnał się. Kątem oka śledził zachowanie Fryderyka i prawie westchnął, kiedy ten znów pominął rytuały.

– A jak byśmy tu dali gdzieś z boku murzyńskiego świętego? – zażartował.

Ale Fryderyk nie podjął rozmowy. Skręcił w kierunku schodów prowadzących na chór. Dopiero kiedy się już wspinał na górę, odpowiedział kościelnemu:

– Zgoda, tylko razem z nim poproszę Afrykę, Kenię, rzekę Athi, nasz dom nad wodospadem, moją matkę w myśliwskim ubraniu, służącą Hozeę, jej córkę Ilofemę, zachód słońca, kurz nad stadem oryksów, leżak na tarasie, madame Romadanowski z jej denerwującym akcentem czy choćby kotlet ze springboka...

Rzecz jasna, wszystkie te słowa wypowiedział po cichu, tak by poza nim nikt ich nie usłyszał.

Stroił organy przez pięć godzin. Skracał i wydłużał druty dostroików, wpuszczał powietrze w piszczałki, słuchał, porównywał dźwięki. Nie wszystkie dostroiki zdobyte przez księdza były dobre. Kilka musiał wyjąć z piszczałek, oszlifować ich końcówki, tak by mogły stykać się z blaszkami języczków delikatniej (dźwięk, który pojawił się po tej obróbce, był jaśniejszy i dużo bardziej srebrzysty). Na tych kilka godzin chór kościelny zamienił się w wyspę rozpaczy. Rozbitek wysyłał z niej błagania o ratunek; najczystsze na świecie dźwięki samotności. Ale nie było w pobliżu nikogo, kto by chciał odczytać te prośby. Żadnej matki, żadnego ojca, żadnego psa czy choćby czarnej mamki z piersiami wypełnionymi gęstym, ciepłym mlekiem. Służąca Hozea, gdyby ona tu była… Jej skóra okurzona dymem z ogniska, pachnąca zielem ubulawu i solą. W jej ramionach schowałby się przed drapieżcami i zasnął przykryty kołysanką; afrykańskim głębokim smutkiem.

Kościelny Mączka siedział pod drzwiami chóru. Bronił dostępu do Fryderyka. Akt był czysto symboliczny, bowiem nikomu nie śpieszyło się do spotkania z nauczycielem. Po miasteczku już dawno poszła informacja o jego niejasnej przeszłości, więc ludzie trzymali się z daleka. Poza tym nie mieli do niego żadnych spraw, bo niby jakie mogliby mieć?

Równo o szóstej po południu przerwał pracę. Wtedy na chór wdrapała się Miluśka, czteroletnia wnuczka kościelnego. Była to pucułowata drobina z oczami okrągłymi jak guziki, zadartym nosem i prawie białymi kucykami odrastającymi od głowy jak snopki lnu. Miała ustaloną z Fryderykiem przepustkę na tę wyspę. Mogła wchodzić, kiedy chciała, siadać, gdzie jej było wygodnie, i patrzeć tak długo, jak sobie tego życzyła.

Kiedy weszła, zasiadła na drewnianym schodku, sięgnęła do kieszeni kraciastego paltocika, wyciągnęła z niej złożoną we czworo chusteczkę i rozpostarła na kolanach. Była gotowa. Fryderyk nie dał na siebie długo czekać. Ukroił dwie pajdy chleba, posmarował je masłem, nałożył na wierzch grubą warstwę marmolady, usiadł obok dziewczynki. Zabrali się do jedzenia – każde w swoim tempie i według swojego sposobu. Miluśka odgryzała kęsy olbrzymie, upychała je językiem pod policzkami, czekała, aż zmiękną, potem posyłała je dalej; na koniec przełykała tę papkę cierpliwie, aż niebieskie guziki wychodziły z orbit. Fryderyk nie komentował tej zadziwiającej techniki. On jadł po swojemu; nasycał się drobnymi kęsami, gryzł cierpliwie, przerabiał chleb, masło i marmoladę na miazgę, potem przełykał bez wysiłku.

Skończył jako pierwszy, sięgnął po termos, nalał herbaty do nakrętki, podał dziewczynce. Napiła się, zakrztusiła, wytarła buzię rękawem. Teraz była gotowa do rozmowy.

– Słoń musi iść pierwszy, bo jest największy – odezwała się. – Poza tym ma trąbę, a to jest bardzo ważne. Druga może być żyrafa, a za nią… zebra z małpką na plecach… Ja gram na bębenku i mam na imię Akisi, czyli niedziela, tak?

– Akisi to poniedziałek, a zebra nie ma pleców. Ma grzbiet, tak jak koń. Małpka może jechać na grzbiecie zebry… – poprawił Fryderyk.

– To ta osoba z paskami, prawda?

– Tak, to ta osoba z paskami.

Znów zamilkli na długie minuty, ale rozmowa nie stanęła. Ona poszła dalej na swój milczący sposób; ze słowami ukrytymi tuż pod powierzchnią, gotowymi do użycia w każdej chwili. Wkrótce taka chwila nadeszła.

– Idziemy? – zapytała Miluśka.

– Idziemy – odpowiedział Fryderyk.

Podał jej wielką dłoń. Wstali.

Poszli ulicami miasteczka, potem drogami polnymi i miedzami. Nie rozmawiali, bo trzeba było smakować podróż. Do zabudowań Mączków dotarli pod wieczór.

Domek dziewczynki, jej rodziców, Józefa i Wandy, oraz brata Kazika to była bieda najbiedniejsza; pobielana chatka stojąca na podbiciu z kamieni, z krzywymi oknami i przegniłą strzechą. Nieszczęście. Do tego chlewik podparty żerdziami, wyliniała ogata, kilka obsranych kur, koryto pod płotem, studnia. No i błoto pomieszane z kurzym łajnem. Całe podwórko brązowożółtej paćki. Nie sposób było nie ufajdać butów.

Kazio chorował na polio. Szczepionka nie dotarła na czas, a potem ktoś zapomniał, nie zapisał chłopca w ważnym zeszycie, i tym sposobem Kazimierz Mączka nigdy nie został zabezpieczony przed wirusem. Choroba zaatakowała mięśnie nóg i pleców chłopca. Józef, kolejarz i pijak, zrobił kilka wypraw do miasta, wyprosił wózek inwalidzki, dwie zapasowe dętki, kilo pomarańczy i pięciolitrową puszkę oleju sojowego. Kilka kolejnych wypraw zrobiła Wanda, matka Kazika. Te zakończyły się polubieniem miasta i kurewstwem za trzysta pięćdziesiąt złotych. Kolejarska łapa położyła kres tym wyprawom. Tak skończyły się pieniądze i skończyła się przyjemność. Został ośmioletni Kazik, czarny łeb z lokami, przepastne oczy, rozpacz przykuta do wózka, trzymająca się życia ostatkiem sił.

Fryderyk trafił w to miejsce za kościelnym Mączką. Staruszek trzymał w komórce akordeon Weltmeister na sto dwadzieścia basów. Instrument zostawił Żyd Pinkus Polubny w drodze z jednej dziury w lesie do drugiej. Jak się okazało – ostatniej. Ktoś zatłukł nieszczęśnika na drodze i wysrał się na chałat. Niemcy dali nagrodę, ale akordeonu nie szukali (wojna miała swoje hierarchie). Został więc u Mączki na zawsze. Któregoś lata nowy właściciel akordeonu wybrał się autobusem na wyprawę do szkoły w Regnach, odnalazł Fryderyka, poprosił o pomoc przy naprawieniu instrumentu. Fryderyk przystał na prośbę, bo upatrywał w niej szansy na drobną odmianę, na podróż do innego smutku niż jego codzienny. Wyprawa okazała się poważniejsza, bowiem postawiła Greszela przed obowiązkami, których nie planował i nawet nie potrafił określić chwili ich narodzin. Pojawiły się same, idąc pod prąd jego usposobieniu i przysięgom, które składał sam sobie; naprawa organów w wiejskim kościele, posiłki ze smarkatą, rozmowy o Afryce, lekcje gry na akordeonie poziomym, organizacja przeprawy na drugą stronę rzeki Athi, do jaskini Engaiego Naroka, po nowe życie dla Kazika Mączki.

Kazio był sam. Czekał. Matka zostawiła go w wózku, naprzeciwko stołka z akordeonem, i poszła płakać do drugiej izby. Tęskniła za światem odebranym jej przez Józefa, a raczej przez jego żylastą rękę. Nie dostała niczego w to miejsce; żadnej kawy porannej z rogalikiem, łagodności w łóżku czy choćby paru zdań rozmowy po ruchaniu (nie mówiąc już o zapłacie). Więc wychodziła do drugiej izby, siadała

przy oknie i patrzyła w dal jak na ekran w kinie. To, co się
jej wyświetlało w powietrzu, brała sobie za świat prawdziwy.
Jedne filmy się udawały, inne nie. Jak to w życiu.

Tymczasem Kaziu siedział na tle swojego okna (narysowany pochyłą kreską) i nasłuchiwał. Nie nadwyrężał mięśni,
bo nie chciał ich zmęczyć byle czym. Miały mu wystarczyć
na całą lekcję. Patrzył na klawiaturę jedynego w świecie leżącego akordeonu (ojciec założył na korpus blaszaną obejmę,
ułożył instrument na stołku i przykręcił do blatu śrubami).
Grało się na tym we dwie osoby; jedna rozciągała miech
i operowała basami, druga wygrywała melodię. Tą drugą był
właśnie on – umierający Kazimierz Mączka.

Zaskrzypiały drzwi w sieni. Fryderyk z Miluśką weszli do
izby i od razu zabrali się do roboty. Dziewczynka zamiotła
mały placyk przed stołkiem, położyła na nim koc i poduszkę. Uklęknęli jak do modlitwy.

– Co gramy? – zapytał nauczyciel.

– A co pan nauczyciel pozwoli?

– Graj, co chcesz.

– Co chcę? – upewnił się akordeonista.

– Co chcesz i… dla kogo chcesz. Dzisiaj święto. Sam nie
wiem dlaczego.

– To ja zagram walczyka *Pod niebem Paryża*. Dla mamusi,
żeby poczuła się jak w mieście. Mogę?

Fryderyk i Miluśka niemal równocześnie skinęli głowami. Odpowiadali już razem na podobne pytania. Nauczyciel ujął w swoje wielkie paluchy wskazujący palec dziewczynki, zawiesił go nad guzikami basów, a drugą dłonią pociągnął za miech. Poszło powietrze do piszczałek, palce Kazika dotknęły klawiszy i zaraz do izby wiejskiej wjechały paryskie nuty, z nimi *petit déjeuner* w przeszklonej kawiarni, poranna mgła, podarte pończochy i dyskretny powrót ladacznicy z ulicy uciech. To wszystko zobaczyła Wanda za oknem swojej chatki (i w jednej chwili pojęła, że ten świat jest za daleki dla niej).

Przyszła noc. Usiedli do skromnej kolacji. Wanda pokręciła się trochę przy gościu, potem poszła do świń. Kazik był bardzo zmęczony. Nawet nie dotknął placków kartoflanych, chociaż matka nie żałowała cukru.

— Więc najpierw pójdzie słoń? — zapytał słabym głosem.

— Najpierw słoń — potwierdziła Miluśka. — Z trąbą uniesioną do góry. Potem żyrafa, za nią zebra z małpką na… grzbiecie, dalej będzie szedł oryks, jeżozwierz, za nimi pan Fryderyk z tobą na plecach. Ty będziesz czwartkiem Kuaku, a ja poniedziałkiem Akisi i będę grała na bębenku. Za nami pójdą bawoły, lwy, tygrysy, hieny i węże.

— A czarownik? — przerwał Kaziu. — Zapomniałaś o czarowniku Laibonie, który w moim imieniu będzie rozmawiał z Engaim Narokiem, i o wioślarzach, i o łodzi…

– O niczym nie zapomniałam. Wioślarze z łodzią na ramionach pójdą na końcu, a tuż przed nimi czarownik Laibon z papugą na ramieniu i pochodnią. Prawda, panie Fryderyku?

Fryderyk potwierdził bez chwili zawahania.

– Właśnie tak będzie wyglądał nasz pochód. Zwierzęta, wioślarze, czarownik Laibon i my. Wielka siła, która wzbudzi szacunek Engaiego. Dojdziemy w blasku księżyca, po cichu, jak srebrne duchy. Potem bezszelestnie położymy łódź na wodzie rzeki Athi i przepłyniemy na drugą stronę...

(Nie liczył słów, nie oszczędzał, gadał jak najęty. Tego miejsca nie dotyczyło żadne dwanaście, piętnaście czy dwadzieścia osiem. Tu zużywało się tyle słów, ile akurat było potrzebne. Mogło ich być nawet sto dwadzieścia trzy tysiące czterysta dwadzieścia trzy. W tej hojności, niezważającej na liczby, zawierał się bowiem sens wywyższający słowa – ratunek wszechmogący. To było usprawiedliwienie).

Przerwał, bo drzwi chałupy zaskrzypiały i do izby wszedł podpity Józef. Popatrzył spode łba, zdjął kolejarską czapkę, ukłonił się nieznacznie. Wyszli razem do sieni.

Kolejarz poczęstował papierosem. Zapalili.

– Był lekarz z Tomaszowa. Zbadał aparaturą. Mięśnie oddechowe słabną, więc raczej nie doczeka jesieni. Dwa, może trzy miesiące...

– A szpital?

– Szpital? Rura do szyi i maszyna oddychająca… prespi-
rator.

– Respirator – poprawił go Fryderyk.

– No tak, coś takiego. Ale na razie miejsca nie ma. Zresztą… co to da?

– Nie wiem – odpowiedział Fryderyk. – Nie znam się na
tym. Ja zajmuję się innymi sprawami.

– Tak, tak, słyszałem. Jedziecie z Kaziem do Afryki, do
czarownika, który mieszka w jaskini za rzeką. Podobno ma-
cie do niego jakąś ważną sprawę…

– Ważną, ważną. Nawet bardzo.

– No tak, ale na tym to ja się z kolei nie znam. Mogę najwyżej pociąg podstawić… – roześmiał się, zawieszając w powietrzu odór wódki. – Nawet wagon z łóżkiem i spalinówkę
po generalnym remoncie. Tyle mogę…

– Dzięki. Nigdy nie wiadomo, co się przyda w takiej podróży… – odpowiedział Fryderyk.

Do kościoła wrócił przed północą. Kościelny
Mączka urządził mu legowisko za skrzynią organów; siennik
ze słomą, dwa koce, poduszka, lichtarzyk ze świeczką, zapałki i nawet mały obrazek Matki Boskiej na wszelki wypadek.

Nalał herbaty do szklanki, wypił duszkiem, położył się na posłaniu. Na suficie zobaczył malowidło; stworzenie Adama, naiwną kopię fresku Michała Anioła. Patrzył w to miejsce już kilka razy, ale nigdy dotąd nie zauważył obrazu. Dziwne. (Niebo było zaciągnięte i padał deszcz za każdym razem, kiedy tu spałem – przypomniał sobie). Na malunku Pan Bóg już prawie dotykał Adama, by go powołać do ludzkiego życia. Ale ciągle między Nim a człowiekiem ziała przepaść – centymetrowa szczelina pustki. Co jest w tej przestrzeni między palcem Bożym i ludzkim, jaki rodzaj obecności? – zapytał w myślach i zaraz odpowiedział sobie na głos:

– Jeszcze nie życie i już nie śmierć. Ja jestem pomiędzy.

Skrzynia organowa drgnęła od tych gorzkich słów, wzbudziła obudowy piszczałek, te przekazały wibrację blaszanym języczkom. Organy zamruczały dobrze nastrojonym dźwiękiem. Afryka przyszła się przypomnieć obrazem sprzed lat.

Kiedy to mogło być? W tysiąc dziewięćset osiemnastym, może dwudziestym? Miał wtedy najwyżej dziesięć lat, przebywał najchętniej w pokoju z wiatrakiem, ubrany w białe ubranie, by odbijało jak najwięcej słońca. Nie lubił upałów. Był stworzony do chłodu i rozmyślań. Czytał dużo książek, musiał jakoś przetrwać od lekcji z madame Romadanowski do następnej lekcji. Dużo grał, ale raczej pod okiem nauczycieli, żeby nie wytwarzać złych nawyków. Żadna z aktywności, do których namawiała go mamka Hozea, nie wciągnęła go na dłużej; strzelanie z łuku, kąpiel w rzece, karmienie zwierząt, gra w krykieta – to było dobre, ale na chwilę. Nie wciągały go też przyjaźnie z czarnymi i białymi dziećmi. To z kolei wina matki, która przytulała je częściej niż Fryderyka.

Tego dnia wróciła ze szpitala wcześniej. Szofer przywiózł ją zakurzonym fordem T, dumą matki i jej prawdziwą miłością. W wolnych chwilach objeżdżała białe farmy, trąbiąc przy tym głośno i wzbijając w powietrze tumany kurzu. Była kobietą pełną życia, podobnie jak ojciec. Przebywali wprawdzie w dwóch osobnych światach, ale każdy z nich tętnił życiem. Dzieci – Maria i Fryderyk – umieszczone były w szczelinie pomiędzy tymi światami. Na ziemi niczyjej. Więc tego dnia (słońce czerwone, wielka kula wisi tuż nad trawami, zwierzęta zmierzają do wodopoju, poopuszczane łby kołyszą się ciężko, idą noga za nogą, kurz podniesiony przez antylopy, bawoły i zebry zjada światło, szyje żyraf górują ponad tym czerwonym tumanem, słychać trąbienie słoni, wrzask ptactwa, szelest cykad, pokrzykiwanie małp, dźwięki zespolone, dużo nut splątanych w sploty nieludzkie, jak to zapisać w koncert fortepianowy? Jak?!) zajechała przed taras, zeskoczyła z auta lekko jak dziewczynka i zaraz poszła się przebrać w swój ulubiony strój codzienny: sprane bryczesy, wysokie buty, koszulę z kieszeniami, kapelusz, batystową apaszkę.

Usiadła na tarasie, w wiklinowym fotelu, wyłożyła nogi na barierkę, wyciągnęła z kieszeni paczkę cameli. Zapaliła.

Fryderyk patrzył na nią z głębi mieszkania. Nawet nie wiedziała, że tam jest. Umieścił ją sobie w prostokącie drzwi, w ciemnym, uspokajającym obramowaniu. I patrzył jak na fragment pejzażu – a ona paliła papierosa czymś bardzo podniecona. Przesuwała go między palcami, śliniła wargi, wypluwała drobiny tytoniu. Myślała chyba o czymś przyjemnym, bo uśmiechała się od czasu do czasu. Wtedy na tarasie pojawił się Simon, piętnastoletni Masaj, z dzbankiem lemoniady. Był służącym od niedawna i dopiero oswajał się z obowiązkami. Postawił dzbanek na stoliku, chciał odejść, ale kobieta mu nie pozwoliła. Chwyciła go za rąbek czerwonej przepaski, przyciągnęła do fotela, opuściła dłoń na jego łydkę i powolutku pojechała do góry. Głaskała go jak kociaka, jak hebanowy posążek – nieskazitelnie gładki i lśniący. Kiedy wsunęła dłoń między jego uda, chłopiec doznał erekcji, przepaska na biodrach podniosła się, odsłaniając męskość. Zawstydzony wyrzucił z siebie jakieś dwa gniewne słowa i uciekł do kuchni. Wtedy Fryderyk zorientował się, że nie jest jedynym widzem, że poza nim jest w pokoju ktoś

76

jeszcze, kto – tak jak on – sfotografował tę scenę rozpalonymi oczami. Ten ktoś wstał nagle zza stołu i, tłumiąc płacz, wybiegł na dwór.

Zapamiętał ją w tej dziewczęcej rozpaczy – swoją szesnastoletnią siostrę bez pamięci zakochaną w afrykańskim posążku.

Marianna zasnęła przy budzie, przytulona do Pliszki jak matka do córki. Dwie suki zwinięte w kłębek, spragnione bliskości i dobrego słowa. Obudził ją poranny chłód. Pobiegła do łóżka, ale już nie potrafiła zasnąć. Przeleżała do godziny siódmej trzydzieści, tysiąc siedemset dwadzieścia osiem razy wypowiadając modlitwę złożoną z dwunastu słów:

– Jego dłonie, pierś, brzuch, nogi, stopy, ramiona, szyję pozwól mi całować, Panie.

Przyjęła tę nową religię bez żadnych warunków, ułożyła modlitwy podobne do dziecięcych zaklęć. Do tych choćby, którymi wypraszała śmierć dla partyzantów pchających jej łapy do majtek, chociaż była małą dziewczynką; pachnącą kiszoną kapustą Domaszką Bowtromiuk, sierotą ze wsi Półhany w powiecie horochowskim.

Kościelny obudził Fryderyka przed świtem, tak jak się umówili. Ten dzień przeznaczył na kontrolę wiatrownicy i wszystkich elementów mechanicznych. Sprawdził stan traktur i szczelność wentyli oraz mocowanie piszczałek w skrzyni wiatrowej. Prześledził też całą drogę powietrza – od miecha do piszczałek. Odkrył przewiewy w mieszkach amortyzacyjnych, podkleił je łatami z miękkiej skóry, umocował obciążniki. Był zadowolony.

Miluśka pojawiła się na chórze około południa. Usiedli na schodku jak zawsze. Fryderyk podał kanapkę z masłem i marmoladą. Kiedy już się pożywili i napili herbaty z termosu, dziewczynka odezwała się:

– Kazio miał atak duszności. Mama posłała po felczera, a on kazał do szpitala. Przyjechała karetka, dali zastrzyk i zostawili Kazia w domu. Mam się dowiedzieć, czy ta rozmowa z Engaim już gotowa.

Fryderyk chrząknął, nabrał powietrza, ale... nic nie odpowiedział.

– Czarownik Laibon to ty, prawda? – spytała Miluśka.

– Prawda – przyznał się.

– To na pewno wiesz, co trzeba powiedzieć po przepłynięciu rzeki.

– Wiem – skłamał.

– No to... powiedz mi, żebym mogła powtórzyć Kaziowi.

Mężczyzna chrząknął jeszcze raz. Pod naciskiem spojrzenia Miluśki szybko ułożył sobie kilka zdań.

– Trzeba powiedzieć tak: To jest Kazimierz Mączka, syn Józefa i Wandy, brat Emilii oraz wszystkich zwierząt pijących wodę w wodopoju Athi. Spójrz na niego, Engai Narok, zabierz słabość z jego ciała i tchnij w nie nowe życie. Wtedy Engai zapyta: „A co jest w tym chłopcu takiego szczególnego, że mam mu podarować nowe życie?".

– Jak to co? – obruszyła się Miluśka. – Wszystko. Ma dobre serce, jest mądry i zdolny, pięknie gra na akordeonie, potrafi czytać nuty, znosi cierpienie, nie wychodzi na dwór, nie gra w piłkę. I płacze, kiedy mama nie widzi, żeby jej nie dodawać zmartwień. To mało, Engai?

Fryderyk nie odezwał się przez dłuższą chwilę. Potrzebował jej, żeby opanować słabość. Wreszcie odpowiedział:

– To właśnie mu powiem.

Było dobrze po południu, kiedy dotarł na rynek miasteczka. Słońce opuściło się trochę, cienie kamienic wjechały na plac, ktoś otworzył drzwi kawiarni, zadzwonił dzwonek, odezwała się muzyczka z szafy grającej. Na szczęście cicha, niezdolna złamać postanowienia Fryderyka. Poszedł na przystanek, sprawdził godzinę odjazdu autobusu. Miał jeszcze trochę czasu.

Prawie w tej samej chwili Marianna stanęła przed budynkiem szkoły w Regnach. Nie wytrzymała nieobecności Fryderyka. Przyszło jej do głowy, że może wrócił prosto na lekcje i teraz uczy dzieciarnię. I że można to będzie zobaczyć przez okno. Uczepiona parapetu wspięła się na palce; klasy szkolne były puste. Mimo tego odkrycia weszła na korytarz. Zobaczyła rzędy gablot i starą kobietę zamiatającą podłogę. Sprzątaczka podniosła głowę, nie zadała żadnego pytania, wróciła do roboty.

Marianna w pośpiechu opuściła szkołę. Nie chciała, żeby ją ktoś zapamiętał. Postawiła kołnierz płaszcza i szybkim krokiem ruszyła w kierunku lasu. Nie miała szczęścia. Zaraz za rogiem budynku wpadła na zamyśloną Irenę Rudzińską. Spojrzały po sobie i każda od razu wiedziała, o czym to zamyślenie oraz kto jest jego bohaterem.

– Nie ma go? – spytała Rudzińska.

– Nie ma. Przepadł gdzieś.

– Nie martw się, tacy jak on zawsze wracają. Mają swoje tajemnice, uciekają do nich, bawią się, ale… wracają. To może być inna kobieta, ale nie musi.

Marianna była zakłopotana. Nie znała się na takich rzeczach i zupełnie nie wiedziała, jak o nich rozmawiać.

– Nie wiem… – jęknęła.

– My też mamy swoje tajemnice – przerwała jej Rudzińska. – Ty i ja, prawda? Ty wiesz coś o mnie, ja o tobie… i to nas powinno łączyć, a nie… dzielić.

– Co wiesz o mnie? – zaniepokoiła się Marianna.

– To, że zaczynasz wariować na jego punkcie. Mam rację? Trudno ci już bez niego wytrzymać. Za chwilę zaczniesz za nim latać jak suka, ale… raczej nie wchodź mi wtedy w drogę. Odradzam.

To powiedziawszy, ujęła Mariannę pod brodę i spojrzała jej w oczy z bardzo bliska.

– Niektóre kobiety potrafią zabić z miłości…

Odwróciła się i odeszła, śmiejąc się w głos. Marianna odetchnęła z ulgą. Tamta ciągle nic o niej nie wiedziała.

Wieczór, który spadł na miasteczko Odrzywół, niczego szczególnego mu nie przyniósł. Ukrył w półtonach całą tę prowincjonalną pleśń z przyrośniętymi do niej ludźmi. Zrobiło się trochę ciszej; ogrodnicy i chłopi zlikwidowali stragany, pijacy pozasypiali na ławkach i w bramach, gówniarzeria wróciła do chałup.

Autobus się spóźniał. Pośród kilkunastu podróżnych poszła plotka, że być może tego dnia w ogóle nie przyjedzie. Podobno kierowca udusił kochankę i aresztowała go milicja. Pochodził z Będkowa, żonę miał ze Sługocic, a kochankę z Popielaw; nauczycielka przyrody, młodziutka, zaraz po szkole pedagogicznej. W pekaesie nie znaleźli zastępstwa, więc raczej nie przyjedzie.

Fryderyk nie czekał na rozwiązanie zagadki. Do ostatniego autobusu miał ponad dwie godziny, więc poszedł do kawiarni. Kusiła go muzyką, odkąd stanął na przystanku. Ktoś puszczał teraz amerykański jazz; dużo trąbki, saksofonu i dobrego fortepianu. Lepka fraza kleiła się do skóry jak smoła (pianista był czarny, miał długie palce, grał od niechcenia, paląc przy tym papierosa i popijając whisky). Prawdę mówiąc, Fryderyka podniecała nie tyle muzyka, ile suma dźwięków pod nią ukrytych, gwar rozwibrowany, zmieszany ze śmiechem kobiet, szelestem pończoch, gdy zakładały nogę na nogę, stukaniem łyżeczek o szklanki, metalicznym szczękaniem zapalniczek – tym wszystkim, co niebezpieczna pamięć wyjmowała z czerni i lokowała tuż pod skórą.

Dym papierosowy zmieszany z zapachem kawy i wódki... Kiedy wszedł do środka, ten zapach odurzył go jak opium. Powinien odwrócić się i wyjść, ale nie znalazł dość siły. Został. Dosiadł się do dwóch młodych kobiet wyglądających na miejskie kurwy w delegacji; krzykliwych i wyzywająco umalowanych. Młodsza, dwudziestoletnia blondynka, miała duże piersi opięte zbyt małym stanikiem. Nadmiar ciała wychodził poza tasiemki, ale to nie był widok nieprzyjemny. Przy tym pachniała lawendowo, dość łagodnie, więc

Fryderyk nie pożałował wyboru. Czarna była bardziej doświadczona, miała jakieś trzydzieści lat i zapisaną w oczach obietnicę spełnienia każdej, nawet najbardziej wyuzdanej prośby. Dogadali się od razu, po pierwszych paru kieliszkach wódki.

Pili, siedzieli, palili papierosy. Fryderyk nie mówił o sobie. Uciekał w kawiarniane ogólniki, a przede wszystkim dawał się wygadać im, kurwom z dużego miasta, ubawionym zasraną prowincją.

Na autobus zdążyli w ostatniej chwili; cała trójka, bo kobiety jechały w tę samą stronę. Na przystanku w Regnach Leśnych wysiedli razem.

Jako pierwsza śmiech kurew usłyszała Pliszka. Poderwała się, postawiła uszy, pokręciła przyciętym ogonem.

Marianna wybiegła na taras. Zobaczyła idącego nierównym krokiem Fryderyka i dwie młode kobiety podążające tuż za nim. Śmiały się głośno ze sposobu, w jaki utykał, i nawet próbowały go naśladować. Szło im się niewygodnie, więc pozdejmowały szpilki i powkładały do kieszeni płaszczy.

Marianna była zdumiona. Nie tyle samym zjawiskiem – widywała już wcześniej pijane kobiety – ile poufałością dziwek. Jak mógł im pozwolić na takie zachowanie? (Dziwki, to są dziwki, o jakich szeptem opowiadały sobie z siostrami w klasztorze. Prostytutki, kurwy z pornograficznych pocztówek. Ta mniejsza, jasnowłosa, jest nawet podobna do tej... malutkiej ze zdjęcia, tej spółkującej z dwoma mężczyznami – tej, której twarzy Marianna dotknęła przez przypadek. Ma tak samo wydęte usta, pucułowate policzki i mały nosek. A ta czarna wygląda na zdolną do wszystkiego. Potrafiłaby nawet... zabić małe dziecko – pomyślała).

Minęły ją bez słowa.

– Służąca... – wytłumaczył Fryderyk.

Zabawa trwała prawie do rana. Była tak głośna, że jej dźwięk dochodził aż do ściany lasu, potem wracał stłumionym echem. Fryderyk siedział przy pianinie; bez marynarki, rozgrzany do czerwoności, z papierosem w ustach. Grał kawałki lekkie i przyjemne. Rozrywkowe. Panny podpowiadały tytuły, nuciły, gdy nie od razu potrafił znaleźć melodię. Talerze i kieliszki ustawione na pianinie pobrzękiwały do rytmu, popiół spadał na klawiaturę.

Pierwszą część koncertu Marianna spędziła na tarasie. Usiadła przy oknie w taki sposób, by widzieć w przesmyku przebieg zdarzeń. Chodziło jej głównie o rzeczy frywolne, podniecające. Wyobrażała sobie, że kiedy już dojdzie do rozpusty, kiedy Fryderyk sprzęgnie się z którąś z dziwek, uda jej się ustawić w taki sposób, by mogła widzieć tamtą jako siebie. Próbowała już tego z Rudzińską i prawie jej się udało, ale kurwa Rudzińska odwróciła się za wcześnie.

Fryderyk zagrał tango. Kobiety uległy nastrojowi, przytuliły się do siebie, zaczęły się całować i tańczyć. Marianna wzruszyła się w jednej chwili i zaraz spojrzała na dziwki inaczej, bardziej po ludzku. Rozpłakała się. Na szczęście Fryderyk przestał grać.

To, co zobaczyła później, przywróciło jej nienawiść. Nauczyciel parzył się z kurwami na kołdrze rzuconej na podłogę. Byli pijani, zmęczeni, więc zadowalał ich jakikolwiek seks. Mężczyzna nawet się nie rozebrał. Opuścił trochę spodnie, położył się za blondynką i wpasował w jej pośladki. Czarna pomogła mu włożyć, a potem pomagała jeszcze przez chwilę, póki nie zasnął.

Marianna poszła do służbówki jak na jutrznię do kościoła. Przyodziana jedynie w koszulę nocną, klęknęła przed ukrzyżowanym, by mu się poskarżyć. Ale nic nie zrozumiał. Znał wprawdzie słowo „miłość", wysłuchał cierpliwie, nie znał jednak innych ważnych słów (podniecenie, erekcja, członek, wytrysk). Jak więc miała mu wytłumaczyć, że chodzi jej o spółkowanie, o obcowanie ciała Fryderyka z ciałami tamtych sprzedajnych kobiet, wdzieraniu się jednego w drugie? I o to jeszcze, że niezasłużenie znalazły się na jej miejscu?

To było nadużycie, kradzież fragmentu jej własności. Właściwie... zbrodnia. Jak miała to wytłumaczyć? Nie potrafiła. Zrozumiała to jeszcze w trakcie modlitwy, mimo to dokończyła ją taktownie.

– I nie wódź nas na pokuszenie, ale nas zbaw ode złego. Amen.

Po wypowiedzeniu ostatniego zdania przeżegnała się, ucałowała krzyżyk wiszący na łańcuszku, sięgnęła po szklankę stojącą na szafce, zawinęła ją w chustkę i położyła na podłodze. Spod łóżka wyjęła młotek. Bez namysłu uderzyła nim w szklankę, potem drugi raz i trzeci. Zatrzymała się dopiero wtedy, kiedy szkło przecięło chustkę i zaczęło się z niej wysypywać. Zdjęła koszulę nocną, rozłożyła chustkę, rozgarnęła drobiny szkła, tak jak to czyniła wcześniej z ziarnem. Położyła się na pokutnej posadzce.

Kurwy wstały o czwartej rano i poszły na pierwszy autobus. Pliszka szczeknęła za nimi, ale raczej dla formy niż z prawdziwej złości. Nie były takie złe. Zwykłe dziwki z miasta. Czarna, ta wyglądająca na gorszą, wrzuciła jej do miski kawałek kiełbasy.

O szóstej trzydzieści Fryderyk otworzył drzwi zakazanego pokoju. Na podłodze zobaczył ślady nocnej zabawy; legowisko, porozrzucane kawałki wędlin, chleba i ciasta. Próbował coś sobie przypomnieć, ale nie potrafił. Sięgnął po niedopitą butelkę oranżady, podniósł ją do ust, przechylił. Dopiero kiedy ją odstawiał, zobaczył Mariannę.

Leżała pod ścianą. Miała na sobie koszulę nocną naznaczoną dziesiątkami plamek zakrzepłej krwi. W dłoni podłożonej pod policzek ściskała kolorowe zdjęcie. Fryderyk uklęknął. Sięgnął po fotografię. Od razu rozpoznał jedną ze swoich pornograficznych kart. Ta akurat powtarzała nocną kombinację z dziwkami; blondynka i czarnowłosa w uściskach z mężczyzną. Odkrycie wydało mu się zabawne, więc uśmiechnął się nieznacznie. Ta idiotka czuwała pod drzwiami jak pies. Tylko po co? Czego chciała doczekać?

Spojrzał na jej twarz. Spała spokojnie jak dziecko wymęczone nocnym koszmarem. Było w tym coś ujmującego, jakieś oświadczenie bezradności. Ta głupia nie była zdolna do protestu. Nie potrafiła tu wejść w nocy i wykrzyczeć swojego sprzeciwu. Wolała zadać sobie ból i z nim doczekać do rana. Tylko na co liczyła? Na współczucie? Jeżeli tak, to nie trafiła dobrze – Fryderyk nie czuł bowiem niczego poza litością.

Dotknął jej ramienia. Obudziła się. Kiedy tylko dotarł do niej kształt rzeczywistości, kiedy zobaczyła w dłoni Fryderyka jeden ze strasznych dowodów winy, szybko poderwała się i… wymierzyła nauczycielowi siarczysty policzek, po nim drugi. Wyrwała mu kartonik, zgniotła go, rzuciła na podłogę.

– Jak pan może?! – krzyknęła i zaraz powtórzyła jeszcze raz: – Jak pan tak może?!

Zdezorientowany mężczyzna nie od razu zrozumiał, o co jej chodzi. Nie wiedział, czy pyta o kurwy, czy o pornograficzne zdjęcia. Jej reakcja była tak nieoczekiwana, że w pierwszym odruchu chciał się nawet wytłumaczyć. Już otwierał usta, żeby coś powiedzieć, ale oprzytomniał w porę. Wziął szeroki zamach i uderzył idiotkę na odlew. Jak wystrzelona z procy poleciała do tyłu. Upadła na kanapę. Z nosa pociekła krew.

Sam zapakował jej walizkę. Uczynił to starannie i bez pośpiechu. Złożył ubrania, zawinął w papier jej drobiazgi. Odezwał się, kiedy już ubrana w płaszcz stanęła w drzwiach służbówki.

– Byłem w Afryce, Australii, Paryżu, Londynie i Nowym Jorku. Swoim zachowaniem sprawiałem przykrość matce, a swoją grą... mniej zdolnym pianistom. Wielu mnie nienawidziło, ale nikt mnie dotąd nie uderzył. Nawet w więzieniu po powrocie do Polski. Ty jesteś pierwsza. I... ostatnia.

Marianna słuchała i uśmiechała się prowokacyjnie. Nie mogła uwierzyć w to, co widzi. Nic jej się nie chciało zgadzać, a już najmniej liczba słów zużywanych przez nauczyciela. Taki człowiek jak on powinien się trzymać swoich postanowień. Dwanaście to dwanaście. Przez całą przemowę trzymała w górze dłonie i ostentacyjnie odliczała słowa.

Ale Fryderyk nie podjął gry. Śmiertelnie poważny zamknął walizkę.

– Nie jest pan ciekaw?

– Nie jestem – odpowiedział.

– Proszę zapytać.

– Nie.

– Proszę… – nalegała.

Ulitował się nad idiotką.

– No dobrze, więc ile? – zapytał.

– Czterdzieści jeden – odpowiedziała z satysfakcją.

Nie uśmiechnął się. Pokręcił głową z niedowierzaniem. Ta głupia ciągle nie rozumiała, że to już koniec gry.

– No widzisz… Będę się czuł, jakbyś tu była jeszcze przez trzy dni i pięć godzin.

Podniósł walizkę, ruszył do wyjścia.

Odszedł z walizką daleko od domu. Jakieś trzysta metrów. Postawił ją na drodze, wrócił.

Marianna nie ruszyła się z tarasu.

– Nie będzie pożegnania – oznajmił. – To już wszystko.

Pokazał palcem na drogę, ale i wtedy nawet nie drgnęła. Skuliła się tylko, wcisnęła głowę w ramiona, pociągnęła nosem.

– Wynoś się! – krzyknął.

Drgnęła przestraszona, ale nie ruszyła się z miejsca. Pokręciła głową na znak odmowy. Nie, nie odejdzie. Za nic w świecie. Dlaczego miałaby odejść? Dlatego, że go uderzyła? Przecież oddał jej z naddatkiem, więc powinien być zadowolony; rozciął jej wargę, puścił krew z nosa i ust, więc czego jeszcze chce?

– Nie, nie odejdę – odezwała się wreszcie.

Fryderyk nie wytrzymał. Chwycił służącą za kark, powalił na ziemię, potem zacisnął dłoń na jej nodze i pociągnął nieszczęsną w kierunku walizki. Próbowała się wyrwać, złapać się pazurami czegoś po drodze, jakiegoś kamienia, gałęzi czy choćby kępy trawy. Wszystko na nic. Opór tylko pogorszył sytuację, bo ciągnięta przez niego jak prosię na rzeź, wzbiła w powietrze tuman kurzu, zakrztusiła się nim i omal nie udusiła.

Dociągnął ją do walizki, zostawił na drodze jak kawałek gówna – kaszlącą, uwalaną ziemią, zrozpaczoną. Wrócił na ganek.

Patrzyli na siebie z daleka – ofiara i oprawca. Fryderyk zapalił papierosa. Był ciekaw, co ta głupia zrobi. Co teraz wymyśli.

Nie wymyśliła wiele. Najpierw pozbierała się, otrzepała płaszcz i spódnicę, poprawiła podarte pończochy, wyjęła z kieszeni chusteczkę, wysmarkała nos. Potem ułożyła sobie w głowie tekst przeprosin. Przeprosi – postanowiła. Wypowie kilka miłych słów o jego mądrości i swojej głupocie. Wspomni, że zachowała się niewłaściwie. To powinno zamknąć sprawę. Otworzyła usta, ale zrezygnowała. W porę zrozumiała, że słowa nic tu już nie zmienią. Koniec gadania.

Wstała, podniosła walizkę, ruszyła z nią w kierunku lasu. Po kilku krokach zatrzymało ją gwizdnięcie. Wiedziała, że tak będzie.

– Ej ty, głupia! – krzyknął za nią.

Odwróciła się.

– I tak nie ma teraz żadnego autobusu. Pójdziesz po śniadaniu.

Wróciła, usiadła na walizce blisko jego nóg. Milczeli przez kilka minut. Potem przyciągnęła jego dłoń i pocałowała z miłością.

– Głupia jesteś. Traktuję cię jak psa, powinnaś odejść. Z tego nie będzie miłości.

– Trzynaście słów – zauważyła. – O jedno słowo za dużo. O które?

Nauczyciel nie odpowiedział. Nie chciało mu się. Prawdę mówiąc, miał już dość tej zabawy. I tej idiotki znikąd. Nie podobała mu się. Nie miała w sobie żadnej tajemnicy, żadnego niedopowiedzenia, za którym chciałby pójść.

– Pliszka cię polubiła. Swój poznaje swojego. Jesteś psem?

– Jestem – odpowiedziała.

Nie poszła na autobus. Została. Dzień minął niepostrzeżenie. Nie zauważyła nawet, kiedy zaszło słońce. Pozmywała podłogi, wstawiła pranie, nakarmiła Pliszkę. Starała się nie wchodzić w drogę nauczycielowi, ale to nie było trudne. Zamknął się w zakazanym pokoju i nie wychodził przez cały dzień.

Na kolację usmażyła jajecznicę. Poza nią postawiła na stole talerz z pomidorami i cebulą oraz drugi, z cieniutkimi kromkami chleba, posmarowanymi ledwo widoczną warstwą masła. Do tego herbatę, pieprz, sól, cukier.

Nauczyciel nie spojrzał na nią ani razu. Jadł w milczeniu, bez pośpiechu, ale też bez ostentacji. Jedzenie było tylko jedzeniem, niczym więcej. Marianna siedziała naprzeciwko. Wyglądała jak ofiara wypadku; podrapany policzek, opuchnięta warga, wszystkie knykcie palców prawej dłoni owinięte plastrami z watą. Ale nie miała pretensji. Wsłuchiwała się w mlaskanie, siorbanie i pociąganie nosem jak w najlepszą muzykę.

Wreszcie skończył.

– Białko za słabo ścięte. To prawdziwa sztuka… zepsuć jajecznicę. Gratuluję.

Kiwnęła głową na znak, że zrozumiała.

– Dziękuję – odpowiedziała.

Ale to nie był jeszcze koniec rozmowy. Powstrzymał ją gestem, kiedy chciała wstać od stołu. Usiadła na powrót.

– Komponuję suitę afrykańską. Taki utwór… i muszę mieć spokój. Właściwie miałem go, póki się nie pojawiłaś. Wszystko ułożone tak jak należy, rutyna, powtarzalność. Jeden uczeń, jedna kochanka, jedna pozycja do spółkowania, do tego kurwy od czasu do czasu. No i… dwanaście słów na dzień. Sam nie mogę uwierzyć, że tak było. Ale było. A teraz denerwuje mnie nawet szczekanie tej… głupiej suki, chociaż ją lubiłem. Lubiłem ją, naprawdę.

– Wydaje pan za dużo pieniędzy – odezwała się nie na temat. – Te… kobiety musiały być… bardzo drogie.

– Nie były. Zresztą to nie twoja sprawa. Skończyłem.

Tej nocy wrócił do pracy. Najpierw nastrzyknął nogę pianina terpentyną, potem wyczyścił klawiaturę i zapalił świeczniki. Rozłożył zeszyt nutowy.

Marianna usiadła na miejscu dla widowni. Znów poczuła się jak człowiek. Zadowolona wyciągnęła przed siebie nogi i oparła na stołeczku. Przekraczała nimi próg pokoju, granicę ustaloną dla ludzi pochodzących z dwóch różnych światów. Ale nie cofnęła stóp. Uznała, że taka obecność jej się należy.

Kompozytor Fryderyk Greszel nie napisał wiele; parę taktów nieważnej muzyki. To wina suki – pomyślał. Ta idiotka szczeka zbyt głośno. Jakby w ogóle nie wyczuwała powinności psa mieszkającego przy tak szczególnym człowieku; ma wytwarzać nastrój, wzywać szczekaniem rozpacz. Albo milczeć. To jest psi obowiązek psa. Za to dostaje żarcie i miłość. Wszystko poza tą głupią suką mu pomagało; świerszcze podobne do afrykańskich, wiatr poświstujący, nawet puchacz odzywający się z topoli. Tylko Pliszka nie chciała niczego zrozumieć.

– Zamknij się, idiotko! – krzyknął zrozpaczony.

Służąca poderwała się i pobiegła do suki. Znów zasnęły razem.

Nad ranem wróciła do służbówki i schowała się pod kołdrą. Ze strachu. Przypomniała sobie, kim jest i co robi w tym miejscu. Ze wszystkich postanowień udało jej się dotąd wypełnić dwa: ukryć złoto i nie dać się wyrzucić z domu. Obroniła swoją obecność przy tym dziwacznym człowieku, ale z… miłości, nie z wyrachowania. W planie miała coś zupełnie innego, postępowanie wyliczone i precyzyjne. Musiała do niego wrócić.

Obudziło ją trzaśnięcie drzwiami. Spojrzała na zegarek;

była trzecia pięćdziesiąt, jej klasztorna godzina. Poderwała się, pobiegła do sieni, ale nie zobaczyła już Fryderyka. Zagarnęła go mgła.

Nauczyciel zapomniał zamknąć drzwi zakazanego pokoju. Był zbyt zmęczony, żeby o tym pamiętać. Miał ciemne zasrane sny z mnóstwem udręczających szczegółów (dom afrykański, ojciec siedzi na wózku, pod plecami koc złożony w kostkę, gruby, żółtobrązowy, popołudnie, w głębi dom z tarasem, słoneczne plamy na podłodze, czarne dzieci się bawią, drewniane lalki w sukienkach z trawy, woda w cynowym wiadrze, śmiech, ojciec pali cygaro, czyta gazetę, filigranowa Ilofema podaje filiżankę z kawą i popielniczkę, dłoń ojca wjeżdża pod spódnicę dziewczynki, żółtą w czerwone kwiaty, służąca broni się ze śmiechem, odsuwa się o pół kroku, słychać strzał, po nim drugi, dzieci rozbiegają się z krzykiem, zza drzew wypada lew, jasne futro splamione krwią, kawa z mlekiem, w boku dziura, wypadają z niej wnętrzności, bestia nie ma grzywy, zdycha, ale resztką sił dopada starca na wózku inwalidzkim, odgłos miażdżonych kości, otwarte usta trupa, potok czerwonej, pienistej krwi).

Wstał o trzeciej trzydzieści, umył się w zimnej wodzie, zarzucił na grzbiet swój staroświecki płaszcz i wyszedł z domu. Nie zjadł śniadania, nie obudził Marianny, nie zamknął drzwi na klucz. O wszystkim zapomniał.

Stała i stała. Patrzyła w mgłę, która zamknęła się za plecami Fryderyka. Przyjechała tu z tajemnicą. Wiedziała o nim coś, czego sam nie wiedział. To była potężna wiedza. Ogrom podniebny. Gdyby się z tym zdradziła, mogłaby stracić szansę na nowe życie poza klasztorem. Wtedy już na zawsze zostałaby Domachą Bowtromiuk, sierotą ocaloną w beczce z kapustą. Nie mogła do tego dopuścić (Naturalnie, powie mu kiedyś – pomyślała. Siądą naprzeciw siebie jak para przyjaciół, jak mąż i żona i wtedy mu powie – spokojnie, bez pośpiechu. Nawet wiedziała, jakich użyje słów: „dom", „córka", „rodzina", „bezpieczeństwo", „szczęście", „miłość", „razem", „czekałam", „na zawsze"). Chciała się o nim dowiedzieć jak najwięcej. Liczył się każdy drobiazg z przeszłości dalekiej, afrykańskiej, ale i tej nieodległej, nauczycielskiej. Pamiętniki, listy, fotografie, rzeczy osobiste (znalazła chusteczkę z jego zapachem, ale to ją wytrąciło z równowagi). Chodziło o obraz mniej zakłócony emocją; czystszy i chłodniejszy.

Już o czwartej nacisnęła klamkę. Drzwi zakazanego pokoju ustąpiły.

Na pierwszy rzut oka pomieszczenie nie skrywało wielu tajemnic. Pokój jak pokój. Wszystko w nim wydawało się wystawione na widok: meble, książki, papiery, kapelusze na wieszaku. Żadnej konspiracji, zakamarków, rulonów z mapami czy szkatułek z szyfrem. Było w nim to, co udało się zobaczyć Mariannie już za pierwszym razem – obraz ze słońcem zachodzącym nad sawanną, drewniane maski, kilka niewielkich smukłych figurek, drobiazgi za szkłem serwantki. Nic nowego. Podeszła do szafy pancernej, sięgnęła do klamki, ale tym razem nie było prezentu. Zamek ani drgnął. Rozejrzała się. Wybór padł na biurko. Usiadła w przystawionym do niego fotelu.

Na biurku leżały papiery z ostatniej nocy, pokraczne afrykańskie kompozycje. Spojrzała na tytuł: *Przejście przez rzekę Athi, czyli rozmowa z Panem Bogiem w sprawie nowego życia dla Kazika Mączki ze wsi Bociany pod Odrzywołem*. Zapis pełen był skreśleń i znaków, których nie potrafiła odczytać. Ale potrafiła odnaleźć w nich mękę. Znów poczuła, jak bardzo mu współczuje. Podniosła papier, dotknęła nut wargami.

– Kocham mężczyznę. Chcę go mieć na własność. Nie zamierzam się nim dzielić z nikim na świecie – wypowiedziała na głos zaklęcie. Pasowało do tego miejsca.

Wróciła do poszukiwań. Wsunęła dłoń pod blat biurka i zaraz wymacała kluczyk zawieszony na metalowym haczyku. Uśmiechnęła się w reakcji na ten nieoczekiwany prezent. Kiedy otworzyła szufladę, nie znalazła w niej spodziewanych olśnień ani tajemnic. Bałagan, mikroświat rzeczy, terytorium chaosu i przypadku; kilkanaście fotografii różnego formatu, dwie paczki listów przewiązanych tasiemkami, srebrne zapinki do koszul, kilka zapalniczek, paczka papierosów „Camel", sygnet z herbem, pióro wieczne ze złotą stalówką, portfel, wizytówki, papierośnica, szkło powiększające z rączką z kości słoniowej. Listy były urzędowe, do tego pisane po angielsku, więc je szybko porzuciła. Zaczęła oglądać zdjęcia – bez pośpiechu, jedno po drugim, bez lupy i z nią. Przepadła w tym świecie na długie godziny.

Na zdjęciach królowała Afryka, z białą farmą jako centrum świata; drewniany dom z tarasami, kilka drzew, hamak zawieszony tuż nad ziemią – obrazy blade, wypalone, wyprane ze szczegółów. Marianna potrzebowała kilku fotografii, by uchwycić porządek tego miejsca. Główną postacią była kobieta, zapewne matka Fryderyka, osoba o chłodnej urodzie, wyniosła i najwyraźniej emancypowana – prawie na każdym zdjęciu z papierosem, w bryczesach, oficerkach i męskim kapeluszu. Pozowała chętnie i z uśmiechem, zwykle w towarzystwie afrykańskich dzieci, służby lub męża. Mąż, Franciszek

Greszel-Kochanowski, był mężczyzną wysokim i postawnym. To po nim Fryderyk odziedziczył sylwetkę. Na fotografiach obejmował żonę. Wyglądał na człowieka zadowolonego z życia. Marii i Fryderyka nie było widać. Jedynie na dwóch zdjęciach przysiedli na tarasie, obok rodziców – on w marynarskim ubranku, ona w białej sukience. W oddzielnym pakunku Marianna znalazła zdjęcia późniejsze, ze starym Greszelem unieruchomionym na wózku inwalidzkim i Fryderykiem siedzącym na schodkach z Masajem Simonem. Dwóch pięknych, wyrzeźbionych jak skały mężczyzn. Na samym dnie, obok ostatniej fotografii Zofii Antoniny Greszel-Kochanowskiej (siedzi w wiklinowym fotelu z nogami opartymi na barierce tarasu, ma na sobie spodnie, wysokie buty, męską koszulę i kapelusz, pali papierosa, patrzy przed siebie) służąca odkryła coś jeszcze, belgijski siedmiostrzałowy rewolwer Nagant z wytartą rękojeścią. Podniosła go i odłożyła zaraz, bo był zimny i ciężki. Zamknęła szufladę.

Wrócił późnym popołudniem. Nie wiadomo, gdzie był. Wysiadł z autobusu z tekturowym pudełkiem pod pachą i nieodłączną teczką w dłoni. Słońce strzeliło zza chmur. Uśmiechnął się na myśl o powrocie do domu.

Marianna zobaczyła go z daleka. Siedziała na tarasie ubrana w męskie spodnie, flanelową koszulę i kapelusz. Wszystkie te rzeczy znalazła na strychu; stare, zatęchłe i dziurawe. Wyprała je w ciągu dnia, wysuszyła na słońcu i teraz siedziała w nich na tarasie, z nogami opartymi o barierkę. Paliła papierosa podkradzionego z szuflady (nie doliczy się, paczka była prawie pełna), oglądała sawannę i raz po raz krztusiła się dymem. Była matką z jego zdjęcia, afrykańską lekarką znad wodospadów Athi i... czekała właśnie na swojego małego synka. Wraca, już jest blisko, zaraz go obejmie i uspokoi. Nie, nie zwariowała, to była tylko niewinna zabawa; cudze ubranie, cudze krzesło, cudza tęsknota.

Kiedy Fryderyk był już niebezpiecznie blisko, poderwała się i pobiegła do domu. Przebrała się w ciągu minuty.

Na kolację przygotowała parówki z musztardą, chleb z masłem i pomidory. Wszystko ukroiła i posmarowała tak, jak lubił. Zaparzyła herbatę, postawiła na stole cukierniczkę, łyżeczkę, widelec i nóż. Usiedli.

Nim zabrał się do jedzenia, długo rozprostowywał palce, jakby go bolały. Wyglądał na kogoś, kto podjął ważną decyzję, poszedł za nią, rozmnożył fakty, ale ciągle zastanawiał się nad możliwością powrotu. Przeczytał przecież ten niepokojący list od siostry. Niby nic, parę zdań, jednak trudno było nie brać ich pod uwagę. Maria zapisała je w postscriptum, na samym dole kartki:

I jeszcze jedno, mój drogi. Ostatniej nocy przed wyjazdem tej kobiety nie mogłam spać. Poszłam do jej sypialni i wtedy usłyszałam, jak mówi przez sen. To nie były polskie słowa. Rosyjskie lub ukraińskie (o ile dobrze zapamiętałam paplanie madame Romadanowski). Brzmiały jak skarga dziecięca lub raczej prośba o pomoc – Ti wriatuwał mene, witiagnuł mene z wogniu, teper dbati pro mene, mij dorogi pane. Piszę Ci o tym na wszelki wypadek, żebyś miał obraz jak najpełniejszy, bo Cię kocham za wszystko, co dla mnie zrobiłeś, pomimo Twojego narcyzmu (lub może właśnie w związku z nim). Nigdy nie zapomnę, że tylko Ty odwiedzałeś mnie w piekle na wyspie Lamu. Teraz to już naprawdę wszystko, całuję, Maria.

Zjadł, przysunął cukierniczkę, posłodził herbatę, zapalił papierosa. Przez chwilę siedział z miną strażnika tajemnicy, potem odezwał się, pociągając nosem:

– Trudno zepsuć... parówki.

Potwierdziła. Rzeczywiście, trudno zepsuć parówki i ona ich nie zepsuła. Podobnie jak nie zepsuła żadnej z dotychczasowych jajecznic, naleśników, twarożków czy sałatek. Co innego chciał powiedzieć – była tego pewna. Coś związanego z tekturowym pudełkiem, które przyniósł ze sobą. Leżało teraz między nimi na samym środku stołu i czekało. Niech wreszcie wypowie te słowa, i niech nie siedzi jak posąg, bo ją boli serce. Z miłości.

Spojrzał na nią. Znów pociągnął nosem.

– Chcesz zostać, prawda?

– Tak – odpowiedziała.

– Chcesz być jedyną kobietą w tym domu?

– Tak – odpowiedziała.

Popchnął pudełko w jej kierunku.

– To załóż to.

Otworzyła. Jej oczom pokazała się karminowa błyszcząca halka obrobiona czerwoną koronką, pod nią czarne połyskliwe pończochy, pas i majtki – wszystko w najgorszym kurewskim guście. Przełknęła ślinę, podniosła wzrok, ale wyraz twarzy Fryderyka nie zmienił się.

– Chcesz być jedyną kobietą w tym domu? Proszę bardzo. Chcesz więcej słów? Proszę bardzo. O czym chcesz rozmawiać? O życiu, jego rozpiętości? Chcesz wysokiej, filozoficznej rozmowy? Proszę, jestem gotowy. Zaczynajmy.

Przegrała. Rozmowa z nauczycielem była poza jej zasięgiem. Wstała i bez słowa zaczęła zdejmować z siebie ubranie.

Koncert zaczął się o zmierzchu. Fryderyk zapalił świece w świecznikach, przebrał się w garnitur, poprowadził Mariannę do krzesła miłości. Nie od razu zrozumiała, czego od niej chce, rozejrzała się w poszukiwaniu serwetki w kwiatki, ale ją wyśmiał.

– Nie, głupia, nie o to chodzi. Czy ty jesteś Ireną?

Nie wiedziała, co odpowiedzieć. Była skrępowana i gotowa przyznać się do wszystkiego.

– Jesteś nią? – naciskał.

– Nie jestem.

– No właśnie. Nie jesteś ladacznicą. Nie jesteś suką parzącą się z kim popadnie. Nie jesteś, prawda?

– Nie jestem – potwierdziła.

– Widzisz, więc nie mogę oczekiwać od ciebie tego samego co od niej.

Włączył lampę, uklęknął naprzeciwko niej. Była przerażona.

– Jeżeli nie tego, to… czego pan ode mnie oczekuje? – spytała drżącym głosem.

Nie odpowiedział. Położył palec na ustach, puścił do niej oko jak sztubak, sięgnął do kieszeni po szminkę. To była czerwień najczerwieńsza. Krwisty cynober przełamany karminem. Umalował jej usta. Uczynił to niewprawnie, kilka razy wyjeżdżając poza linię warg, ale poprawił się; poślinił palec, zmazał nadmiar czerwieni. Zdjął okulary.

– Moja matka nie używała kosmetyków – odezwał się nieoczekiwanie. – Żadnych kremów, tuszów czy szminek... Niczego. Wyobrażasz sobie? Jak ona mogła tak żyć?

Czy sobie wyobrażała? Dobre sobie. Żyła w klasztorze bez tego sztucznego gówna przez ponad dwadzieścia lat. Nie musiała się nikomu podobać. Nikomu poza Czarnym Panem, ale on nie patrzył na twarz, tylko prosto w serce. A teraz bardzo chciała się spodobać jemu, wiejskiemu nauczycielowi muzyki.

– Nie wyobrażam sobie – skłamała.

– No właśnie. A mimo to wszyscy się w niej kochali – dokończył.

To powiedziawszy, wskazał jej miejsce na kanapie, a sam usiadł do pianina.

Był wirtuozem. Mistrzem nad mistrze. Zagrał Chopina i Mozarta. To już nie był rozrywkowy koncert dla dziwki, ale porywające, pełne emocji wyznanie artysty. Zapomniał się. Przepadł w muzyce. Zapodział się w bezmiarze tkliwych i dotykających dźwięków. Gdzie był – nie wiadomo. W muzyce. W samym sednie. W centrum dźwięku. Kiedy skończył, nie od razu przypomniał sobie, kim jest ta wyzywająca kobieta siedząca na kanapie. Kim jest i co tutaj robi? Patrzył na nią niewidzącym wzrokiem, ale zaraz oprzytomniał.

– No jak, podobało się? – spytał jak sztukmistrz z jarmarcznej budy.

Chciała odpowiedzieć, znała kilka wykwintnych słów, ale nie potrafiła ich użyć. Naprawdę chciała to zrobić. Wspomnieć coś o ułożeniu dłoni, o kształcie palców, liniach żył, całej tej geografii muzycznej, tak podobnej do mapy świata. Nikt dotąd nie ofiarował jej niczego podobnego. Jak to opisać? Była wzruszona, płakała w środku i na zewnątrz. Cała mokra podbiegła do pianisty, ujęła w dłonie jego głowę, pokryła pocałunkami szyję, uszy, nos, policzki, usta, dłonie. Nie potrafiła się zatrzymać. Namiętność odebrała jej rozum i poczucie wstydu (Jestem człowiekiem, zakochaną kobietą, pragnę go i nie zamierzam tego ukrywać). Usiadła na Fryderyku okrakiem, tak jak to robiła Rudzińska, pociągnęła jego dłoń między uda. Niech poczuje wilgoć i przyzwolenie. Poczuł, ale nie od razu uległ. Chciał jeszcze mieć jakąś kontrolę nad tą idiotką i nad sobą. Nie mogę być taki jak wszyscy. Nie jestem – myślał prawie na głos. Przychodzą, biorą to, co im się daje, odchodzą. Jakby nie istniał wybór. Opierał się, jednak i jemu zabrakło siły. Chwycił służącą za biodra, rzucił na podłogę, rozsunął stopą jej nogi, sięgnął dłonią do paska od spodni. Dopiero wtedy się zatrzymał. Zobaczył, jak kobieta zdziera z siebie karminową halkę, spojrzał na białe, jędrne piersi i usłyszał swój własny głos:

– Skłamałaś. Nigdy nie byłaś w ciąży. W twoich piersiach nie było pokarmu.

– Skłamałam – przyznała się od razu.

– Nie okłamuj mnie więcej. Nie zniosę tego.

– Nie będę – obiecała i sięgnęła po jego rękę. Ale nie odpowiedział na gest.

– Nie. Dalej się już nie posuniemy. Nie chcę mieć jeszcze jednej kochanki. Chcę mieć… żonę – odezwał się zaskakująco trzeźwo.

Wstał i wyszedł z pokoju zdziwiony słowami, jakie wyszły z jego ust.

Ślub odbył się w Regnach, w kościółku nieco mniej zapuszczonym niż barokowa buda z Odrzywołu. Ktoś popiskiwał żałośnie na organach, jakiś organista nieuczony. Wentyle przepuszczały, mechanizmy traktur jazgotały jak zardzewiały kierat, a napowietrzone dźwięki zapadały się w dziury w posadzce. Słyszał to nawet ksiądz staruszek, ale było mu wszystko jedno. O nic nie pytał i za nic nie przepraszał. Wziął swoje pieniądze.

Stali przed ołtarzem jak figurki z odpustu; Marianna w żółtej sukience, z opadającą na oczy czarną siateczką, Fryderyk w garniturze, przygnieciony ciężarem zdarzenia, które sam uruchomił. Ale dotrwali do końca jak należy. Pomogli im świadkowie, Irena z mężem Stanisławem, łysiejącym sekretarzem partii.

Przez cały ślub Stasinek przyśpieszał księdza. Zgodził się być świadkiem tylko dla Ireny, jakby to było jej wesele, a nie jakiejś kurwy z miasta. Nie powinien wchodzić do kościoła, nie powinien klękać ani nabierać wody na palce. Żadnej z tych rzeczy robić nie powinien, a zrobił wszystkie – on, ideowy komunista i sekretarz partii z powiatu. Był przerażony.

Urodził się 12 stycznia 1929 roku w miejscowości Święty Roch niedaleko Grodna, jako piąte dziecko Alojzego Rudzińskiego i Amelii z domu Ciołek. Odkąd pamiętał, niedojadał, jak zresztą większość fornalskich zasrańców z majątku Kurzyny dziedzica Lesnowskiego. Pan był kobieciarzem, do tego grywał w karty, tracił pieniądze, więc trzymał zarządcę silnego jak buhaj, żeby mu pilnował darmozjadów. Na wsi mówiło się, że to on właśnie zmajstrował Rudzińskiemu bękarta, bo Amelka sama pchała się pod dyszel. Coś mogło być na rzeczy, nie bez powodu zarządca przymykał oko na Staszkowe próżniactwo bardziej niż na próżniactwo innych dzieci. Nawet przyniósł mu paczkę ruskich książek odebranych Mani Jonszerowi za dług wódczany (zarządcy podlegała też dworska gorzelnia). Siedemnastego września tysiąc dziewięćset trzydziestego dziewiątego roku Staszek zakochał się w Armii Czerwonej, zaczął czytać Marksa, Lenina i Trockiego, w czterdziestym czwartym dołączył do armii Berlinga (naciągając metrykę o dobre dwa lata), doszedł do Berlina, dorobił się osiemnastu złotych zegarków i trypra od frau Bianitzky, która mogłaby być jego matką. Po wojnie nie wrócił już do Świętego Rocha, bo – prawdę mówiąc – nie było do czego wracać. Matka z ojcem zostali po tamtej stronie. Taki był ich wybór. Stanisław zapisał się do technikum chemicznego we Wrocławiu, po dwóch latach zrobił maturę, wyleczył trypra, doszlifował język rosyjski, zapisał się do ZMP, potem do PPR i PZPR, wyjechał do Nowej Huty uczyć języka w Zasadniczej Szkole Metalurgicznej. Tam poznał Irenę.

Teraz siedzieli razem przy weselnym stole: Fryderyk Greszel, Marianna (jako Agnieszka Pilawska), Irena Rudzińska i jej mąż Stanisław. Andrzejek nie siedział razem z nimi. Wolał zostać na tarasie i gapić się przed siebie.

Pili i jedli. Nie było tego dużo; dwie butelki wódki, talerz z wędlinami, ogórki, pomidory, chleb, masło, ciasto drożdżowe, kompot z rabarbaru. Wszystkie okna otwarte, radio na parapecie, jakaś muzyczka od przypadku.

Marianna nie mówiła dużo. Na zadawane pytania starała się odpowiadać jak najkrócej; tak, nie, nie wiem, dziękuję, proszę bardzo. Sekretarzowej to nie wystarczało.

– A skąd Marianna, jak w dowodzie Agnieszka?

– Bo na drugie Marianna, ale niewpisane w dowodzie. Jeszcze Ewelina z bierzmowania, ale tym to już w ogóle lepiej się nie chwalić.

– Naturalnie, naturalnie – zgodził się sekretarz.

Rozmowa zgasła, ale tylko na chwilę.

– Stasinek idzie do powiatu, na członka egzekutywy, ale na razie… nie przeprowadzamy się.

Irena spojrzała na nauczyciela muzyki, bo to on był adresatem tego ogłoszenia. Ale nie zareagował w żaden widoczny sposób. Sięgnął po flaszkę, rozlał wódkę, podniósł kieliszek.

– W takim razie… za awans.

Nie zrozumiał. Zachował się jak idiota. Przecież powiedziała mu właśnie, że będzie miał dwie kobiety naraz – ją i tę prowincjonalną, rozmodloną gęś. Zostaje. Nie wyjeżdża. Będzie przychodziła z Andrzejkiem, rozkładała nogi, siadała na krześle miłości, tak jak do tej pory. Czego może chcieć więcej kulejący nauczyciel pod sześćdziesiątkę, ktoś taki jak on – bez znajomości i pieniędzy? Powinien spojrzeć na nią z wdzięcznością, uśmiechnąć się, może nawet podziękować („Dziękuję, to dobra wiadomość dla nas

wszystkich; dla mnie, Andrzejka, Marianny i pana sekretarza"). Nie uśmiechnął się. Wypił wódkę. To samo uczynił
sekretarz.

– Eee, co to za awans. Gówno. Już byłem wyżej, w Nowej
Hucie... przed laty. Czekam na zaproszenie do województwa... I zamierzam się doczekać. Na razie to...

Nie dokończył. Nalał sobie wódki i wypił, nie czekając
na nikogo. Wyglądał, jakby miał się rozpłakać. Spojrzał na
Irenę, na tę kurwę winną jego upadku. Na początku pomagała mu; była jak drabina, po której wspinał się na kolejne
stanowiska. Miała dużą dupę i twarde cycki. Towarzysze
bardzo ją lubili. Podobno była wyuzdana i pomysłowa.
Szkoda, że musiał się tego dowiadywać od donosicieli
i kochanek mniej zdolnych od jego własnej żony. Ale nie
chciała już z nim spać. Kochał ją, więc się na to zgodził.
Z miłości.

Tymczasem Irena nie spuszczała wzroku z nauczyciela.
Liczyła na to, że wyczyta z jego oczu, jak to teraz będzie;
kto ustali zasady w tej nowej ojczyźnie nieszczęść – ona czy
Fryderyk? Bo przecież nie Marianna. Co to, to nie. Ta głupia
potrzebna mu była tylko do dekoracji. Ślub miał być zabawą,
ekscesem adresowanym nie do ludzi, bo go nic nie obcho-
dzili. On chciał się przy tej okazji dowiedzieć czegoś o sobie.
Tylko czego?

Patrzyła na niego, ale nie miał zamiaru odpowiedzieć. Zajął się zapalaniem papierosa. Spojrzała więc na Mariannę. Liczyła na łatwe zwycięstwo, jednak tym razem nie poszło tak jak ostatnio. Służąca przyjęła wyzwanie z uśmiechem, wytrzymała tyle, ile było potrzeba, potem wstała, zostawiając Irenę bez odpowiedzi. Poszła na taras.

Andrzejek już czekał. Wypluł na dłoń landrynkę, żeby zrobić miejsce na cukierka od Marianny. Lubił te ich zabawy bez słów, przy których rozumieli się lepiej niż niejedno małżeństwo. Tym razem czekała go specjalna nagroda. Służąca odwinęła cukierka, włożyła sobie do ust, podeszła do chłopca i ukucnęła naprzeciw. Wypchnęła cukierek językiem, podała chłopcu. Przyjął prezent z wdzięcznością i tylko trochę się zaczerwienił, kiedy wargi dotknęły warg. Cukierek był miękki od śliny, a usta kobiety pachniały olejkiem z dzikiej róży. Andrzejkowi zakręciło się w głowie.

– Nienawidzę matki. Ty jesteś... kochana – wyszeptał.

Położyła palec na ustach.

– Nie zwracaj się do mnie w ten sposób. Nie jestem twoją narzeczoną... mam męża.

Odjechali po północy czarną wołgą z szoferem. Nie było specjalnych pożegnań, bo trzeba się było zająć Rudzińską. Upiła się do nieprzytomności, wyrzygała na marynarkę męża, potem próbowała śpiewać.

Marianna nie wiedziała, co ze sobą zrobić. Chciała zapytać Fryderyka, ale prosto z ganku poszedł do swojego pokoju. Zamknął drzwi, zostawiając ją samą jak psa.

Poszła do służbówki, posiedziała przez chwilę na łóżku, przyjrzała się wszystkim sprzętom – każdemu po kilka razy, potem rozebrała się i zaczęła myć. Zawoła mnie – uspokajała się w myśli. Zawoła, określi na nowo obowiązki; będą inne, jestem teraz jego żoną.

Nie zawołał jej. Pisał list do siostry: „Droga Mario"… – zaczął pierwszy rządek, układając litery tak równo, jakby od tego zależał porządek wszechświata; zdrowie Kazia Mączki, grubość marmolady na pajdzie chleba jedzonej w towarzystwie Miluśki, brzmienie piszczałek w organach z Odrzywołu czy nawet głębokość smutku matki tych zasrańców znikąd.

Wtedy weszła. Była gotowa na noc poślubną; miała na sobie błyszczące kurewskie desusy i nową szminkę na ustach. Fryderyk uśmiechnął się wyrozumiale.

– Nie zrozumiałaś. Nic nie zrozumiałaś… biedaczko. Wyjdź… proszę – odezwał się.

Nie ruszyła się. Stała wrośnięta w podłogę, nie mogąc pojąć, w czym uczestniczy. Była żoną, miała prawo do miłości.

– Dlaczego się pan ze mną ożenił? – zapytała, pokonując upokorzenie.

Nie odpowiedział od razu, jakby sam nie znał odpowiedzi. Wreszcie odezwał się, dbając, żeby jego głos zabrzmiał dostatecznie twardo.

– Chciałem pobyć w kościele. Szukałem powodu. Ten wydał mi się dobry.

– A inne rzeczy?

– Jakie inne?

– Dlaczego… pan mnie nienawidzi?

Obruszył się, uśmiechnął, potem na nowo spoważniał.

– Nie nienawidzę cię. Co to za pomysł?

Skończył. Opuścił spojrzenie na kartkę papieru, dając znak, że chce zostać sam. Zrozumiała. Wyszła cichutko jak myszka.

Obudził się o świcie, zjadł kawałek ciasta, popił kompotem z weselnej kolacji. Potem stanął przy oknie i postał tam trochę, wsłuchany w dookolne dźwięki. Nie odkrył pośród nich żadnego nowego; Pliszka skomlała jak co rano, ptaki karmiły się powietrzem, wiatr podrywał śmieci i przenosił je z miejsca na miejsce. Tylko chrząszcz *Anobium* milczał w grobie pianina Bechstein, zamordowany terpentyną w chwili prokreacyjnego uniesienia. Na szczęście zdążył złożyć jaja i przykryć drzewną miazgą dom narodzin swojego potomstwa. Właśnie pulchniało bezdźwięcznie, dojrzewało do przyszłych zemst na głupim człowieku spoza pianina.

Wyszedł z domu w jasnym płaszczu i podobnie jasnym kapeluszu. Był słaby; skórzana teczka ciążyła mu jak nigdy. Pokuśtykał w kierunku lasu, nawet nie dbając o pozór mocy. Jedynym widzem mogła być ta głupia, a co ona go obchodziła? Po cichu, żeby nie drażnić własnej delikatności, przeczytał sobie w głowie list napisany do siostry.

Droga Mario, moja jedyna, wyrozumiała i… okrutna siostro. Dużo się dzieje. Więcej, niż przyzwyczaiłem się znosić. Uczę wiejskie bękarty, romansuję z ich matkami, przyprawiam rogi mężom i czasem gram biedakoncerty. Sobie i drzewom w lesie.

W lesie było ciepło i parno. Nic z suchości afrykańskiej. Nauczyciel spocił się jak mysz. Stanął na chwilę, żeby przetrzeć kark chusteczką.

…Jak wiesz, nie ma na świecie kobiety potrafiącej rozpoznać moje potrzeby. Zostałem ze sobą sam, tak jak i Ty. Jest jeszcze Afryka, ale ona nas nie słucha… choć my słuchamy jej. Jak chore na tęsknotę dzieci.

Ledwo doszedł na przystanek. Brakowało mu oddechu. Malaria. To ona dawała znać tym nieludzkim, upadlającym zmęczeniem. Zza zakrętu nadjechał niebieski jelcz. Kierowca już z daleka zatrąbił na znak, że widzi i że się zatrzyma. Nauczyciel wsiadł.

Usiadł na samym końcu, tuż pod tylną szybą. Pojechali do miasta – on i kilka szarych, kołyszących się osób. Nikt w tej podróży nie patrzył na nikogo. W głowie nauczyciela ciągle czytał się list do Marii Greszel-Kochanowskiej, morderczyni z brudnego więzienia na wyspie Lamu.

...Po cośmy wrócili do tego nieszczęsnego kraju? Ja – przyznam – liczyłem na szczęśliwą ucieczkę. Ale od siebie się nie ucieknie. Czy nie tak?... Doświadczam tej... przykrości bycia sobą, nawet mocniej niż kiedyś. Patrzę na chleb z masłem i wiem, że nikt już go nigdy nie posmaruje tak równo jak nasza matka. W tej niedosiężnej doskonałości odbijają się wszystkie inne z nią związane; doskonałość chodzenia, siadania, patrzenia, smutku, współczucia, namysłu, trzymania papierosa... Nawet doskonałość zdrady. Myślę też czasem o naszym ojcu i w myślach zazdroszczę mu tych lat życia, które spędził na... wózku. Bo przez te lata miał przy sobie matkę i jej opiekę. Myśmy wtedy przestali istnieć. Zresztą, czy istnieliśmy wcześniej? Były tylko czarne

dzieci, ich choroby, wrzody, ich głód i tęsknoty. Nas, mnie odkładała na później. Czekam na to „później" nawet dzisiaj, w czerwcu 1969 roku, ale ono nie chce nastąpić. Jak widzisz, napisałem do Ciebie. Sam jestem tym zdziwiony. Mam nadzieję, że jesteś ciągle w dobrym zdrowiu i podłym nastroju – nie odwrotnie. Przytulam Cię, Twój nieszczęśliwy brat, Fryderyk.

Nie napisał nic o Mariannie, nie wspomniał o niej ani słowem – jakby nie było ślubu, wesela, garnituru i ciasta drożdżowego z kompotem. Kiedy skończył pisać – tamtej nocy, przed wyprawą do miasta, w chwilę po wyrzuceniu żony z pokoju – wytarł złotą stalówkę o bibułę, zakręcił pióro, wstał i podszedł do szafy pancernej. Wydobył z niej album ze zdjęciami (duży, jakieś dwadzieścia na trzydzieści, kartki ułożone w poziomie, oprawa z krokodylej skóry, mosiężny zamek z miniaturowymi zawiasami i haczykiem). Otworzył. Pokazały się zdjęcia afrykańskie, bardzo podobne do tych z szuflady, jednak żyjące osobno, między czarnymi kartkami albumu. Więcej tu było matki Fryderyka i jej pracy (siedzi na krześle, przed nią długa kolejka murzyńskich dzieci, z oddali patrzy na nią mały Fryderyk, nie podchodzi, boi się). Więcej było rodziny ustawionej naprzeciw aparatu, uśmiechniętej lub poważnej; matka, ojciec na wózku inwalidzkim, dorosły Fryderyk, siostra Maria (smutna, nie patrzy w obiektyw, zerka kątem oka na roześmianą matkę), taras, wiklinowe fotele, stół ze szklanym blatem, napoje w szklankach, z tyłu służba, zagroda, baraki, sawanna. Afryka.

Pamiętał tamten dzień, jakby to było dzisiaj. Właśnie po to sięgał po album, żeby się upewnić, czy wszystkie rzeczy są na swoich miejscach – w jego głowie, w pamięci, w pejzażu, na tarasie, w domu rodzinnym. Nie, to nie bolało, chociaż było smutne. A może bolało? Czym było to nowe uczucie odkryte tamtego dnia? Miłością? Wdarło się pod skórę, zacisnęło wokół serca i trwało tam przez długie tygodnie; połączenie strachu z podnieceniem; słodkie, omdlewające, obrzydliwe i uwodzicielskie. Inne od wszystkiego, co znał do tamtej chwili.

Patrzył na matkę zza okna. Podglądał. Leżała w sypialni. Nie spała. Czekała na kogoś (Upał, lepkie powietrze, pod sufitem kręci się wiatrak, okna zasłonięte roletami, fale chłodu zagarniają firankę, jaszczurki na ścianie, wchodzi półnagi czarnoskóry chłopiec, to Simon, jest piękny, jego mięśnie lśnią od potu. Matka ubrana w czerwoną, obrobioną koronkami halkę. Usta błyszczą karminem. Odwraca się na brzuch, podciąga halkę, odsłania pośladki. Simon wie, co robić. Kładzie się na kobiecie, czeka, by dłonią wsuniętą między nogi pomogła mu trafić, napiera, wchodzi głęboko.

Jęk rozkoszy. Simon spogląda w okno, spotyka oczy Fryderyka, uśmiecha się przepraszająco. Kocha jego matkę, kocha Marię i Fryderyka. Wszystkich ich kocha, bo są dobrzy dla niego. Nie, nie robi nic złego. Ma szesnaście lat, wielkie przyrodzenie i wielkie kochające serce). Fryderyk ukryty za oknem czekał razem z nią, a potem razem z nią przeżywał rozkosz. A potem płakał jak dziecko, bo nim był. Miał wtedy jedenaście lat.

Dojechał do miasta. Było duże, wojewódzkie i brudne. Tłumy ludzi kręciły się we wszystkie strony. Dworzec, sklepy, kioski, kramy. Kiełbasa na drewnianej ladzie, obok mięso wołowe, wieprzowe i kaszanki. Gazety za szybą kiosku, gruba kioskarka w ortalionowym płaszczu. „Co pan winszuje?" Kupił dwie paczki papierosów, zapałki, dwa bilety na tramwaj. Pojechał prosto do ogrodu zoologicznego – sześć przystanków w jedną stronę i sześć z powrotem.

Długo chodził między wybiegami. Oglądał zwierzęta. Patrzył na słonie, żyrafy, lwy, małpy, zebry, afrykańskie antylopy, likaony, hieny i ptaki. Nie ominął żadnego stworzenia z ratunkowego pochodu nad rzekę Athi, a nawet obejrzał ich więcej, na zapas, na trzymanie w odświeżonej pamięci. W końcu czarownik Laibon mógł zażądać każdego zwierzęcia, jakie mu się zamarzy, i on, Fryderyk, musiał być na to gotowy. Najdłużej przebywał u zebr. Udało mu się dostać na wybieg, bo był zamknięty tylko na niby. Usiadł w zakątku za paśnikami, przytulił się do dobrych koników.

Wrócił przed nocą. Zjedli kolację. Nie wypowiedzieli przy tym nawet jednego słowa, żadnego „proszę" czy „dziękuję", czy choćby „jak spędził pan czas?". Fryderyk uważnie przyjrzał się kanapkom; ich grubości, rozłożeniu masła, kompozycji. Uczyła się. Nadążała za jego wymaganiami. Może nauczy się też reszty rzeczy, a przede wszystkim życia w osobnym, wydzielonym dla niej świecie. Ta głupia – myślał o niej. Przekroczyła granice, ta głupia. Weszła do jego pokoju jak do siebie – w karminowej halce, ze szminką na ustach, bez majtek. Nie mogła wprawdzie wiedzieć, że wygląda jak Zofia Greszel-Kochanowska w dzień parzenia się z Masajem Simonem, ale mogła wyczuć niestosowność takiego zachowania. Nie zaprosił jej. Mogła poczekać. Planował pójście do jej pokoju po napisaniu listu. Mogli spędzić razem noc. Wszystko mogło być inaczej.

Usiadł do suity dla Kazia. Chciał ją skończyć jak najszybciej. Miał plan, że zabierze tego ledwo oddychającego gówniarza do kościoła w Odrzywole i tam – przed wyprawą nad rzekę Athi, przed sformowaniem pochodu – zagra kompozycję. Dla niego stroił organy, a nie dla nich samych. Dla umierającego Kazia Mączki.

Pliszka szczekała pod prąd jego zamiarowi. Znów nie mógł postąpić do przodu. Ten pies, ta... suka była bezlitosna. Wyszedł, kopnął dwa razy w budę. Schowała się z podkulonym ogonem. Kiedy wrócił do pianina, znów zaczęła szczekać, a potem nawet wyć żałośnie. Czekała na Mariannę i wkrótce się doczekała. Zasnęły razem.

Obudził ją chłód. Spod mgły wydobywał się nowy dzień. Niech przyniesie trochę radości – poprosiła w myślach Marianna. Ale to nie była modlitwa.

Około dziewiątej z lasu wyszły dwie osoby: Irena Rudzińska i jej syn Andrzejek. Chłopiec zmierzał na lekcję muzyki jak na ścięcie. Nienawidził tych godzin, dźwięków i sapania niezadowolonego nauczyciela. Jedynie perspektywa zabawy z Marianną nieco ogrzewała mu serce. Za to jego matka nastrojona była radośnie. Wiedziała, po co idzie, i zamierzała to dostać. Na przekór wszystkim możliwym przeszkodom. Podniecało ją wiele myśli naraz, ale najbardziej ta, która wiązała jej przyszłą rozkosz z cierpieniem Marianny. To mogło powiększyć przyjemność. Wynieść ją ponad wszystkie doznania dostępne dotąd w tej zasranej okolicy.

Lekcja ruszyła bez przeszkód. Rudzińska usiadła na kanapie, Marianna na stołku przy drzwiach, a Andrzejek przy pianinie. Tym razem poszło mu lepiej niż zwykle. Spod palców wyjrzały dźwięki znośne, nie tak krzywe jak ostatnim razem. Irena uśmiechnęła się z wdzięcznością. Nauczyciel w końcu nauczył czegoś tego ociężałego umysłowo gówniarza, jej syna. Chwała Bogu. Teraz nauczy go jeszcze jakiejś melodyjki na akademię w powiecie i Stasinek będzie szczęśliwy. Tylko niech już kończą tę lekcję.

Fryderyk nie usłyszał próśb Rudzińskiej. Chodził po pokoju – w tę i z powrotem, w tę i z powrotem. W którejś chwili stanął. Spojrzał na Mariannę.

– Wyjdź – rozkazał.

Wyszła posłusznie, stanęła na tarasie, podparła plecami ścianę. Nie wiedziała, co zrobić. Upokorzył ją ten kulejący staruch, wyrzucił na dwór jak psa. Żona powinna zostać, przypomnieć, kim jest i co się jej należy, ale ona nie była żoną. Była śmierdzącą Domachą Bowtromiuk, ukraińską sierotą z beczki z kapustą. Dlatego dała się wyrzucić. Cuchnęła na kilometr – podległością i strachem. Gównem.

Za chwilę muzyka umilkła, rozległ się odgłos zamykania klapy pianina i na taras wyszedł Andrzejek. Stanął obok Marianny, wyciągnął dłoń, wypluł na nią landrynkę. Ukucnęła, zabrała landrynkę ustami, wylizała dłoń chłopca.

– Nie mam już cukierków, skończyły się. Muszę iść do sklepu – wytłumaczyła.

Nauczyciel starannie ułożył kartki z nutami, wsunął je do zeszytu, zamknął okładkę. Irena zdjęła majtki, sięgnęła po serwetkę, zabrała się do rozkładania jej na krześle miłości.

– Nie, to nie jest konieczne – zatrzymał ją. – Od dziś będę go uczył... za darmo.

Zatrzymała się, spojrzała z niedowierzaniem.

– Proszę?

– Nie oczekuję zapłaty – powtórzył.

Otworzyła usta ze zdumienia. Była wstrząśnięta.

– Ale... jak to? Co się zmieniło? Nie chodzi chyba o tę... o tę... kobietę? To dla mnie bez znaczenia. Liczy się tylko pan i to, co jest między nami. Bo przecież jest coś, prawda?

Podszedł, spojrzał kobiecie prosto w oczy.

– Chcę uczyć chłopca za darmo. Nie oczekuję zapłaty. Czy to tak trudno zrozumieć?

– Ale... to nie jest zapłata. Ja... chcę tego. To jest... najlepsza część mojego życia. Nie rozumie pan?

Rozpłakała się.

– Proszę się ubrać. Proszę nie pogłębiać mojego zakłopotania. Proszę... – powtórzył.

Pochyliła się po majtki, wciągnęła je skrajnie upokorzona. Nie, tak nie wolno – pomyślała. – Nie powinien tak ze mną postąpić. Przecież tak nie postępuje się nawet z największymi kurwami. To nieprzyzwoite.

– To nieprzyzwoite – wyszeptała.

Kiedy się już wyprostowała, spojrzała na nauczyciela z dziwną mocą i godnością – jakby od zdjęcia do założenia majtek minęło tysiąc lat.

– Nie zgadzam się – zakomunikowała. – Nie zgadzam się, bo pana kocham.

Po tych słowach ruszyła biegiem w kierunku zamkniętego okna. Nie zatrzymała się. Z całym impetem uderzyła w szybę twarzą i tułowiem. Okno eksplodowało pod naciskiem żywego pocisku, posypało się szkło, kawałki ostre jak żyletki porozcinały twarz, głowę i ubranie Rudzińskiej. Wypadła na taras tuż obok przerażonej Marianny.

Zabrali ją do szpitala w Brzezinach. Nauczyciel zadzwonił po pogotowie, potem po milicję, na koniec wykręcił numer Rudzińskiego.

– Pana żona miała wypadek. Wyskoczyła przez okno. To był atak... furii. Pokaleczyła się. Bardzo mi przykro...

Z drugiej strony milczenie, potem głuchy, trudny do rozpoznania głos Stasinka:

– Słuchaj, grajku... moja żona jest może dziwką, ale nie... wariatką. Szykuj ubranie i kanapki, bo wsadzę cię do więzienia. Nic mnie nie powstrzyma.

Fryderyk poszedł za radą sekretarza. Nakroił wiele kromek chleba, posmarował je masłem, poskładał, umył pomidory, pokroił cebulę, obrał ze skóry czosnek. Wszystkie produkty zapakował w oddzielne papierowe torebki, dołożył solniczkę i słoiczek cukru. Milicjant patrzył na to z boku. Nie przynaglał, bo szanował nauczyciela za jego zdolności.

Przez cały ten czas Marianna siedziała przed domem. Tak jej kazała milicja. Jakiś sierżant wypytywał ją o wszystko, ale przecież niczego nie widziała. Słyszała granie, potem na taras wyszedł Andrzejek, a potem Rudzińska wypadła przez okno. Może się potknęła, może myślała, że okno jest otwarte? Nie wie, bo nie było jej w środku. Stała tu, na tarasie i patrzyła sobie na las. Nie ma żadnych przypuszczeń, mąż jest spokojnym człowiekiem. Uczy gry na pianinie. A tamta? Mało się znają. Przyjemna kobieta i bardzo elegancka. Nic jej nie będzie, parę siniaków i ran od szkła.

Milicjant kiwał głową i zapisywał zeznania w notesie. Z domu wyszedł Fryderyk. Miał na sobie szary zużyty gar-

nitur i płaszcz w podobnym kolorze. Ubranie w sam raz na
więzienie. Zatrzymał się na chwilę przy Mariannie.

– Proszę wszystko robić tak, jak przed wypadkiem. Jakby
nic się nie zmieniło.

Policzyła. Słów było dwanaście. Dobra, uspokajająca ilość.

Wróciła do pornograficznych kart. Nagle odkryła wolność i przestraszyła się jej bezmiaru. Znów mia
ła wybór. Od niej zależało, czy gdzieś teraz pójdzie, czy
zostanie w domu. Owszem, kochała go piekącą, bolesną
miłością, ale nic nie mogła zrobić. Przerwa. Przygniatające zawieszenie czasu. Zmiotła szkło z tarasu, pozbierała
kawałki ram, zabiła okno dyktą znalezioną na stryszku, potem sięgnęła po karty.

Miała ich teraz pięćdziesiąt jeden. Dużo kobiet i mężczyzn do towarzystwa. Mogła bez pośpiechu przyglądać się
tym ludziom i układać karty w historie o ich życiu. Ta para
była małżeństwem, te kobiety chodziły razem do szkoły, ta
była pielęgniarką, a tamten nauczycielem rachunków. Znudziła się szybko.

Pod wieczór uklękła przy narożniku, wykopała skarb,
wysypała na dłoń zawartość woreczka – dwie złote sztab-

ki i dwie monety. Zabrała jedną z monet, resztę na powrót umieściła w woreczku. Zakopała złoto.

Rano wyruszyła w drogę. Wyszła z domu ubrana w to samo ubranie, co w dniu przyjazdu. Była teraz Agnieszką Greszel-Pilawską i jechała ratować swojego męża. W tej sprawie gotowa była na wszystko.

Do szpitala dotarła równo w południe. Zobaczyła to, co spodziewała się zobaczyć – betonową kostkę z oknami, szarą i odrapaną. Bez trudu odnalazła Rudzińską. Kurwa leżała w łóżku pod oknem. Nie wyglądała dobrze; opatrunki na głowie, twarzy i rękach, siniaki, zadrapania, krew na bandażach. Sekretarz siedział obok, trzymał żonę za rękę i wisząc na krawędzi płaczu, patrzył jej w oczy. Z tyłu, przy samym oknie, śledczy zapisywał coś w zeszycie. Trwała rozmowa o zdarzeniu, przesłuchanie nieszczęsnej w celu ustalenia faktów. Śledczy był pełen współczucia, kiwał głową w reakcji na słowa Rudzińskiej, pochylał się do ucha sekretarza, dzielił się domysłami. Stasinek słuchał z wdzięcznością.

Mariannę zauważył dopiero po dłuższej chwili. Pocałował żonę w rękę, poderwał się z krzesła. Nie zrozumiała, skąd wziął się ten pośpiech i to zmieszanie. Uśmiechnęła się boleśnie. Najboleśniej, jak potrafiła.

Poszli razem korytarzem – sekretarz i Marianna; on przodem, ona pół kroku za nim. Był podenerwowany i nie zamierzał tego ukrywać.

– Nic nie mogę zrobić. Ten wariat wyrzucił ją przez okno. Chyba widzisz, jak wygląda. Cudem przeżyła...

Podbiegła, zrównała się z nim, wcisnęła do dłoni złotą monetę. Ale nie odczytał intencji, zachował się jak idiota. Wyszarpnął dłoń, moneta upadła na posadzkę i potoczyła się po korytarzu. Wpadła pod kaloryfer. Z dyżurki wyjrzała pielęgniarka, zobaczyła klęczącą przy kaloryferze Mariannę i czerwonego z poirytowania Stasinka.

– Proszę ciszej, to jest szpital – zwróciła uwagę.

Sekretarz spojrzał na nią przepraszająco. Za chwilę Marianna wstała i po raz drugi podała mu monetę. Tym razem przyjął prezent bez oporu i zaraz złagodniał.

– Naprawdę nie mogę wiele w tej sprawie. Kryminalne zdarzenie, prokurator. Mogę ci najwyżej załatwić... widzenie.

Do aresztu wpuszczono ją o czwartej po południu. Nie miała kłopotu, żeby zostać sam na sam z Fryderykiem; polecenie sekretarza zrobiło swoje.

Siedział na pryczy owinięty szarym kocem. Trząsł się cały. Na twarzy widać było ślady pierwszych przesłuchań, siniaki, zadrapania. Bili go też po dłoniach, miał opuchnięte nadgarstki i knykcie podbiegłe krwią. Marianna patrzyła na niego ze ściśniętym gardłem. Nie wiedziała, jak zacząć rozmowę. Na szczęście odezwał się pierwszy:

– Malaria. W najgorszej chwili. W domu łatwiej znosić to gówno.

– Rudziński mi załatwił widzenie – powiedziała, żeby coś powiedzieć.

– Menda. Ma w tym jakiś plan. Uważaj na niego.

– Dobrze. Będę uważała.

Sięgnęła po chusteczkę, przetarła mu czoło. Było mokre i gorące.

– Ma pan gorączkę.

– Mam.

– Kupię jakieś lekarstwo w aptece.

– Nie trzeba. Jest w domu, w lewej szufladzie kredensu. Przynieś i podaj strażnikowi.

– Przyniosę – obiecała.

– Sama wyskoczyła – zaczął wyjaśnienia, jakby Marianna była jeszcze jednym śledczym. – Ale to nie ma żadnego znaczenia. I tak zrobią ze mną, co zechcą. Pomożesz mi?

Skinęła głową.

– Jestem pana… żoną.

Nie skomentował tych głupich słów. Zanadto był zajęty malarią, gorączką i swoim fatalnym położeniem. Wyciągnął spod koszuli klucz wiszący na łańcuszku. Dyskretnie podał go Mariannie.

– To jest klucz do szafy pancernej. Znajdziesz tam takie... ubranie. W tylnej kieszeni spodni jest trochę... wartościowych rzeczy. Spróbuj mnie za to wykupić. Mąż Ireny może być... dobrym adresem. Zrozumiałaś?

– Zrozumiałam – odpowiedziała.

Sięgnęła po dłoń męża, pocałowała ją i przytuliła do policzka. I tego gestu nie skomentował. Był rozbity. Poczekał cierpliwie, aż skończy się ta demonstracja miłości.

– Psa nie zapomnij nakarmić. Pliszkę.

– Nie zapomnę.

Nie zapomniała. Nagotowała Pliszce kaszy, okrasiła tłuszczem ze skwarkami, znalazła lekarstwo, zawiozła do aresztu, wróciła, zaparzyła herbaty, zjadła kromkę chleba ze smalcem i czosnkiem. Nie musiała dbać o oddech. Odsuwała moment wyprawy do zakazanego pokoju, otwarcia kasy pancernej i sięgnięcia po zgromadzone tam skarby. Obiecywała sobie wiele przyjemności z tym związanych, a oczekiwanie na nie było pierwszą z nich. Co tam mogło być? Zdjęcia, pudełka z drobiazgami, przedmioty przeznaczone dotąd tylko dla jego oczu. Miała takie pudełko jako mała dziewczynka. Po herbatnikach. Trzymała w nim guziki, szmatki, święte obrazki od popa, broszkę z motylem i szylkretowy grzebyk. Ale przepadło w pożarze.

Posprzątała po kolacji, włożyła nieprzyzwoite ubranie Agnieszki Pilawskiej; garsonkę z satynowym kołnierzem, pończochy zakończone koronką i błyszczące szpilki. Usiadła do pianina. Opuściła dłoń. Dotknęła palcem klawisza. W powietrzu zawisł dźwięk. Zrobiła kolejny krok przybliżający ją do celu.

Prawie w tej samej chwili Fryderyk Greszel położył się na pryczy i szczelnie przykrył kocem. Miłość... Kochały go dwie idiotki. Katastrofa zaczęła się z przybyciem tej drugiej. Uderzyła go. Dlaczego pozwolił jej zostać? Zachował się tak samo jak jego ojciec wobec matki – wiele lat temu. Pozwolił jej zostać, mimo że sama przyznała się do zdrady. Zrobiła to tak, jakby zapraszała śmierć. Podeszła do męża siedzącego na wózku inwalidzkim, ukucnęła naprzeciw, ujęła jego blade, nakrapiane wątrobianymi plamami dłonie. „Zdradziłam cię z Simonem" – oświadczyła. Miał sztucer na kolanach. Podniósł go do ramienia, ale ona roześmiała się tylko, odwróciła się i odeszła, kołysząc biodrami. Uderzyła go w twarz tym wyznaniem. Spoliczkowała. Dokładnie tak jak ta głupia służąca znikąd. W kilka dni później ktoś wypuścił Polonię z klatki. Tak Franciszek Greszel-Kochanowski nazwał lwiątko, które osierociła bezgrzywa para z Tsavo. Znalazł je w kolczastych zaroślach, przeszukując teren po zastrzeleniu ludojadów. Zabrał ze sobą do domu. Kiedy uległ wypadkowi, chciał zastrzelić zwierzę, by nie przypominało mu najpiękniejszych dni życia. Był już o krok od naciśnięcia spustu, ale nie strzelił. Lwica rosła i odwdzięczała się miłością. Była łagodna jak pies. Wieczorami wypuszczał ją z klatki, pozwalał zarzucać sobie łapy na ramiona i gryźć w uszy. Aż któregoś dnia uciekła. Wróciła, zabijając dwoje czarnych dzieci i sparaliżowanego dobroczyńcę, Franciszka Greszela-Kochanowskiego, mordercę jej rodziców.

Przyszła noc. Fryderyk zasnął umęczony gorączką.

Marianna otworzyła drzwi szafy pancernej. Przysunęła lampę, by lepiej zobaczyć wnętrze. Pokazało się w całej okazałości; trzy stalowe półki, na nich zaskakująco mało rzeczy; kilka książek po angielsku, stare mapy Afryki, odznaczenia, szkło powiększające, album ze zdjęciami i przede wszystkim – ubranie. Skarb. Kolonialny męski komplet niewielkiego rozmiaru; wypłowiała bluza z czterema kieszeniami (Marianna podniosła ją do góry, zawiesiła w powietrzu i dokładnie obejrzała – centymetr po centymetrze), chustka do zawiązania na szyi i spodnie podobnie zetlałe od słońca jak reszta kostiumu. Znalazła też kapelusz z dużym rondem i skórzane, wysoko sznurowane buty.

Wygładziła bluzę dłonią, podniosła rękaw, zobaczyła miejsce wypalone przez sól, jaśniejsze od reszty tkaniny. Powąchała. Jakiś zapach jeszcze został; ledwo czytelna kombinacja potu, perfum i soli; szlachetniejsza od zapachu ubrań Rudzińskiej, Pilawskiej, czy nawet starszej pani Greszel (tu dochodziła jeszcze nuta starcza, mdła, nieco podobna do zapachu gnijącego mięsa).

Sięgnęła po album ze zdjęciami. Od razu znalazła fotografię matki nauczyciela siedzącej na tarasie. Wszystko tu było podobne do znanego zdjęcia z szuflady; pora dnia, wysokość słońca, kontrast, długość i rozłożenie cienia. Fotograf zdążył jedynie przewinąć błonę i naciągnąć migawkę. Zapewne aparat był mieszkowy, na taśmę sześć na dziewięć, z migawką Compur. Mogła to być również 35-milimetrowa leica, urządzenie nowoczesne i szybkie. Fotograf skontrolował kadr, poprawił nieco kompozycję (ostrość miał już ustawioną, nie ruszył się z miejsca) i nacisnął spust migawki. Słońce wdarło się przez soczewkę, naświetliło halogenki srebra, wypaliło wieczny obraz (rzeczywisty, odwrócony, pomniejszony). Coś się jednak nie zgadzało. Marianna poczuła to od razu; jakąś nierównowagę, czyjąś dodatkową, przemożną obecność. Wyostrzyła spojrzenie. Zobaczyła cień na podłodze, długi, bo słońce zeszło nisko. Ktoś stał za węgłem domu, a cień go wyprzedzał. Ten ktoś nie chciał, by go zobaczono. Marianna wstrzymała oddech. Sięgnęła po szkło powiększające. Podniosła fotografię wyżej i... wtedy odkryła tajemnicę (a z nią powód zesłania albumu do pancernej szafy).

Cień należał do kobiety (wyraźnie widać było linię piersi, krawędź spódnicy i podwyższone obcasy butów). Za chwilę miał zniknąć, bowiem kobieta, do której należał, zamierzała wykonać jedynie drobną, szybką czynność. Nacisnąć spust rewolweru. Ostatecznie zrobiła to i szczęk migawki zlał się w jedno z dźwiękiem wystrzału. Wszystko to zapisało się na wieczność – dłoń wisząca w powietrzu, kształt rewolweru, a nawet smużka dymu trzymająca się lufy.

Służąca zasłoniła usta dłonią. Była wstrząśnięta odkryciem. Długo stała bez ruchu, potem wyjęła rogi zdjęcia ze szczelin wyciętych w kartonie, zabrała fotografię, odłożyła album, sięgnęła do tylnej kieszeni afrykańskich spodni. Rozpięła. Na dłoń wypadły jej... dwie niewielkie sztabki złota i dwie monety z wizerunkiem cara Aleksandra II. Identyczne jak jej skarb. Kropka w kropkę takie same.

Mimo przeżyć związanych z fotografią zasnęła lekko i obudziła się pełna nadziei. Zmieni swoje życie – postanowiła. Dotrze z nim w miejsce, którego kształt wisiał już na krawędzi wyobraźni; dom rodzinny (tak zbudowany, żeby nigdy nie zagroził mu pożar). W domu ona, mąż, dzieci, pośród nich córeczka Domacha. Dziewczynka nigdy nie będzie się niczego bała. Tak, będą noce w tym świecie, ale ciemność będzie uspokajająca – odwrotnie niż w jej życiu.

Umyła się, ubrała, zjadła śniadanie. Korzystała teraz z głównej izby, z salonu, jak prawdziwa pani. Służbówka będzie dla służącej. Najmę kogoś, jakąś kobietę i będę ją szanowała bardziej niż Fryderyk mnie – pomyślała, ale nie uwierzyła sobie.

Po śniadaniu wykopała złoto. Do dwóch sztabek i jednej monety dołożyła drugą, tę znalezioną w szafie. Znów miała komplet. Ledwo skończyła zakopywanie woreczka, z lasu wyjechała czarna wołga z obcymi.

Schowała się na strychu.

Śledczych było dwóch, miejscowy i z powiatu. Tego pierwszego Marianna zapamiętała z wizyty w szpitalu. Nie wyglądał groźnie. Drugi, rudawy i chudy – budził lęk. Miał delikatną kobiecą twarz, rzadki zarost i uśmiech zastygły w cieniutką kreskę. Służąca spotykała czasem takich mężczyzn w swoim poprzednim życiu. Przychodzili do szpitala, rozglądali się, a potem znikał ten lub ów z personelu; jakiś lekarz z przeszłością angielską, jakiś żydowski felczer od ślepych kiszek.

Weszli na taras, zatrzymali się przed wybitym oknem. Rudy wyjął z kieszeni radziecką zorkę, wyciągnął obiektyw, zablokował go, przewinął taśmę, pstryknął zdjęcie.

– Ktoś już posprzątał – odezwał się z pretensją.

– Ma jakąś pomoc domową, służącą... – wytłumaczył miejscowy.

– Służącą?

– No, teraz niby już żonę, ale przyjechała jako służąca.

Weszli do mieszkania. Marianna patrzyła na nich z góry, przez szczelinę między poluzowanymi deskami stropu. Nie widziała wiele; kapelusze, błyszczące trzewiki, ruchliwe ręce – wystarczająco dużo, żeby się bać. Leżała na podłodze, oddychając najciszej, jak się dało. Słyszała serce tłukące się pod swetrem, widziała podskakujące na deskach drobiny kurzu. Wyglądały jak stada tańczących pcheł.

Rudy podszedł do półki z książkami. Przeciągnął palcem po grzbietach, przeczytał kilka tytułów. W nic mu się jednak nie ułożyły, w żadną informację wartą dziesięciu lat więzienia. Bo tylko tyle go interesowało. To był najmniejszy wyrok wart jego zachodu i inteligencji. Wszystko poniżej było zwyczajnym gównem. Usiadł przy biurku, zaczął majstrować przy szufladzie, ale zrezygnował. Nie miał serca do tej roboty. Czuł, że ta sprawa jest za mała dla niego.

– Nic tu nie ma. Nauczyciel muzyki z wiejskiej szkoły i żona sekretarza. Banalny romans, kolego – ocenił z rezygnacją w głosie.

– Sama wyskoczyła?

– Sama, nie sama... A jakie to ma znaczenie? Nic tu nie ma, towarzyszu. Prowincjonalna sensacja na trzy lata więzienia. Można z tego zrobić gwałt, przemoc seksualną. Nic więcej.

– A gdyby tę... służącą przycisnąć?

– To już sami zróbcie... kolego. Wezwijcie spawacza, otwórzcie tę szafę pancerną i poszukajcie czegoś. Może złoto znajdziecie – roześmiał się w głos.

Miejscowy podszedł do szafy, chwycił za klamkę, ale ta nie ustąpiła nawet na centymetr. Nagle gdzieś daleko rozległy się strzały. Rudy zbladł w jednej chwili. Spojrzał pytająco na miejscowego.

– Myśliwi. Albo kłusownik. Trzeba uważać, bo dużo broni jeszcze po chałupach – wytłumaczył.

Rzeka Athi wezbrała. Przez trzy miesiące czekała na deszcz, aż się doczekała. Spadł z taką mocą, że niebo nad wodospadami połączyło się z ziemią. Athi przyjęła ten podarunek. Płynęła teraz spieniona czerwienią. Wyglądała jak krew, nie jak woda.

Kazio Mączka obudził się z krzykiem i od razu wezwał matkę. Podeszła matuś smutna, utopiona w rzece niedosiężnych marzeń. Ta była głębsza niż niejedna Athi.

– Co tam? No, co tam, synek? Co cię tak strasznie przestraszyło? – zapytała uprzejmie.

– Rzeka Athi wezbrała – odpowiedział. – Deszcz spadł tygodniowy. Padał i padał, aż ta... rzeka zrobiła się jak morze. Zobaczyłem to tak wyraźnie, jakbym był tam na miejscu; zwierzęta ruszyły do wodopojów, bawoły, żyrafy i zebry. Wszystko ożyło w jednej chwili. Ale ta rzeka za szeroka teraz dla naszych łódek. Pan Fryderyk musi zbudować most, inaczej nie przejdziemy.

– A po co ty chcesz, synek, przechodzić przez rzekę? Zmęczysz się, oddechu ci braknie. Nie lepiej siedzieć w domu, przy oknie i patrzeć na podwórko? Czego ty, Kaziu, szukasz w tej dalekiej krainie?

– Nie rozumiesz? – zapytał zdziwiony. – Nie pamiętasz? Przecież za tą rzeką mieszka w jaskini Engai Narok, lepszy od naszego Boga o sto razy. Mam od niego dostać nowe życie. Pan Fryderyk wszystko tak załatwił, że nawet czarownik będzie z nami. Opowiadałem ci przecież...

– To może jak tam już pogoda… przejdźcie sobie po tęczy – wymyśliła matuś i zaraz uśmiechnęła się do myśli.

Weszła Miluśka z drugiej izby. Spojrzała na Kazia, potem na głupią matkę.

– Rzeka Athi wezbrała – odezwała się cichutko. – Miałam taki sen.

Nie wiedziała jeszcze, bo niby skąd, że snem o rzece zapowiedziała się Kaziowi śmierć. Że nie ma na świecie takich łódek, którymi dałoby się ją opłynąć.

Przyszła noc bez chmur. Księżyc zaświecił jak wielka lampa, ale dachy miasteczka Regny pozostały matowe. Żadne światło nie było w stanie wniknąć w ich smutne natury. Ludzie pochowali się do domów, zapaliły się latarnie uliczne.

Sekretarz wracał do mieszkania. Wchodził po schodach jak starzec – krok za krokiem, bez pośpiechu i bez radości. Dobiegał czterdziestki, był jeszcze młody, ale nie chciało mu się żyć. Powodem były wydarzenia ostatnich dni. Skandal z żoną pogrzebał jego nadzieje na awans do województwa. By je odnowić, musiał zatuszować całą sprawę, unieważnić ją lub pomniejszyć. Albo przekupić któregoś z towarzyszy. Wręczyć mu coś, czego tamten nie miał w nadmiarze – kilka sztuk złota, samochód, kobietę. Irena nie wchodziła w rachubę. Była pokaleczona, a ponadto przeszła już przez połowę ważnych łóżek. To przyniosło wprawdzie poprawę ich sytuacji – podwyżkę, nowe mieszkanie, sekretarkę i wołgę z kierowcą – ale teraz było bez znaczenia. Nie liczyło się. Co zrobić? – myślał gorączkowo. – Jak odwrócić kartę? Niestety, odpowiedź nie chciała przyjść.

Stanął przed drzwiami, sięgnął po klucze (zadzwoniły w ciemności jak dzwonki w kościele). Wtedy z głębi korytarza, z mroku, wyłoniła się Marianna. Miała na sobie garsonkę z satynowym kołnierzem, pończochy i czerwone, lakierowane szpilki. Rudziński aż podskoczył ze strachu. Był tak głęboko zanurzony w myślach, że pojawienie się służącej omal nie przyprawiło go o zawał.

– Głupia jesteś? – zapytał, żeby pokryć wstyd.

Nie odpowiedziała. Przyciągnęła go za kark i wpiła się ustami w jego usta. Była gotowa na wszystko.

Weszli do mieszkania – ciężkiego jak żelazo, oleistego, pełnego wielkich mebli. Marianna wyczuła wiszący w powietrzu zapach wilgoci, zaprawiony nutą naftaliny. Przyłożyła chusteczkę do nosa.

– Zapach historii – odezwał się sekretarz. – Jeszcze nie wywietrzał. Żyd tu mieszkał z rodziną. Lekarz. W zeszłym roku wyjechali do Izraela.

Napili się wódki, rozebrali się bez słowa – każde przy swoim krześle – i poszli do łóżka.

Sekretarz nie był dobrym kochankiem. Miał wprawdzie spore przyrodzenie, ale niewielki zapał do miłości. Stawiał ją zawsze w drugim szeregu spraw. Najważniejsza była kariera, po niej dobra materialne i – ewentualnie – rodzina. Dopiero dalej pojawiały się kochanki. Mogły być nawet brzydkie, byle nie mówiły za dużo. Nie lubił rozmawiać. Znał mało słów i mało konstrukcji użytecznych w towarzystwie. Nie potrafił też opowiadać dowcipów, więc na imieninach i urodzinach towarzyszy nikt nie zwracał na niego uwagi. Takie okazje jak ta ze służącą nie zdarzały mu się często.

Marianna leżała na wznak z nogami zaplecionymi na biodrach kochanka. Starała się odczytywać jego rytm, ale raz po raz wypadała z synchronu. Rudziński poruszał się z regularnością zegarowego wahadła. Jego biały tłusty zad świecił w ciemności jak latarnia. Sapał, pojękiwał, wreszcie doszedł do finału (spuścił się, zesztywniał, opadł na brzuch Marianny jak wieprz).

Po stosunku zamienili ledwo parę zdań. Służąca usiadła na łóżku, wciągnęła pończochy, przypięła je do pasa, założyła majtki i halkę.

– Dziękuję – odezwała się.

Rudziński nie odpowiedział. Podszedł do biurka, sięgnął po papierosa, zapalił, podniósł do góry dwie złote sztabki, zważył na dłoni, wsunął do kieszeni marynarki wiszącej na krześle.

– Nie przypuszczałem, że to twój… pierwszy raz. Gdybym wiedział…

– To co?

– Nic. Przepraszam.

– Nie szkodzi.

Kończył się sierpień, z nim ostatnie wyprawy po zboża. Na polach zostały tylko zapóźnione pszenice i gdzieniegdzie spłachetek jarego rzepaku. Lasy stały w zieleni nieporuszonej, jedynie przyziemny świat wpuszczał już w tkankę żółcie, brązy i czerwienie. Powietrze pachniało.

Marianna wezwała szklarza. Nie mogła już patrzeć na okna zagłuszone dyktą. Przyjechał staruszek siwy jak gołąb, przywiózł szyby, wymierzył, wykroił, zaszklił. Spojrzała na okna jak na ósmy cud świata, wciągnęła nosem zapach kitu. Była szczęśliwa.

– Jestem szczęśliwa – oświadczyła.

– No, jak tam pani uważa… Na razie nie myć szybek, bo

kit jeszcze świeży. Jutro będzie w sam raz. A dla mnie dwadzieścia pięć złotych za wszystko.

Wypłaciła należność, ukłoniła się jak dziewczynka, po raz drugi ogłosiła zachwyt niepojęty:

– Piękne okna. Po prostu... śliczne.

– No... jak tam pani uważa. Na zdrowie.

– Dziękuję bardzo.

Posprzątała po szklarzu, zebrała resztki kitu, ulepiła z nich kulkę, zamiotła podłogę. Wypełniała ją radość. Ciągle nie umiała dobrze nazwać jej powodów czy choćby przyznać się do któregoś z nagle odkrytych; były zbyt banalne – powietrze, herbata, jajko na miękko, chleb z mączną skórką. Postawiła radio na parapecie nowego okna, wyszukała stację z muzyką.

Pracowała przez cały dzień. Wietrzyła mieszkanie, prała, prasowała. Towarzyszyła jej Pliszka podobnie radosna i podobnie nierozumiejąca przyczyn. Dwie suki cieszyły się wszystkim jak psy.

Na tarasie pojawiła się w godzinę zachodu słońca. Las umilkł, oddając ciszę zabraną w ciągu dnia. Bezruch spadł na wszystko, co zawierało choćby drobinę poruszenia.

Znów była matką Fryderyka, ale nim to się stało, przez chwilę była też jej morderczynią. Położyła na podłodze doskonały cień. Leżał tam przez kilka minut; profil kobiety, zarys biustu, ręka uzbrojona w rewolwer. I nawet wibrował od gorąca jak tamten, afrykański. Kiedy się poruszyła, cień ożył i belgijski rewolwer Nagant popłynął po podłodze.

Usiadła w wiklinowym fotelu, położyła rewolwer na barierce, obok paczki cameli. Zapaliła. Tym razem poszło jej lepiej niż ostatnio; zaciągnęła się bez trudu, wypuściła dym nosem i ustami. Patrzyła na zdjęcie. Wisiało naprzeciwko jej twarzy przypięte pineską do słupa. Tak, była tą kobietą. Miała na sobie to samo ubranie, a w duszy ten sam nastrój – spokojną radość. Trwała przez długie minuty. Zmąciło ją dopiero pojawienie się człowieka. Wyjechał z lasu głośno i krzykliwie. Starał się być głośniejszy od swojego rozklekotanego roweru.

– Panienko! Panienko! – krzyczał już od połowy drogi.

Marianna zdjęła nogi z barierki, potem szybko schowała rewolwer. Ten ktoś, ten głupi człowiek wyprowadził ją z równowagi. Nie była już panienką i wiedziała, jakimi słowami go przywita.

Krzyczącym okazał się Jan Mączka, kościelny z Odrzywołu. Kiedy dojechał, porzucił rower pod płotem i złamany wpół podbiegł do tarasu. Był bardzo poruszony. Chciał coś powiedzieć, ale nie mógł złapać oddechu.

– Nie jestem panienką ani nawet panną – wyprzedziła

jego słowa. – Marianna Agnieszka Greszel, żona Fryderyka Greszela, nauczyciela muzyki.

– A ja… Jan Mączka, kościelny z Odrzywołu. Pan Fryderyk naprawia nam organy, bo się na tym zna jak mało kto na świecie.

– Męża nie ma w domu. Jest…

– Wiem, gdzie jest – przerwał jej – bo właśnie od niego wracam. Zresztą nasza okolica to nie Warszawa i wszyscy wiedzą o wszystkim. Byłem u pana Fryderyka z prośbą o pomoc, a on odesłał mnie do… pani. Teraz to właśnie od pani zależy ludzkie życie.

– Czyje życie? – zdziwiła się.

– Mojego wnuczka, małego umierającego chłopca ze wsi Bociany.

Przejście przez rzekę Athi… – przypomniała sobie tytuł niedokończonej kompozycji Fryderyka i szybko połączyła sprawy.

– Kazia Mączki?

– A skąd panienka wie?

– Jestem żoną – odpowiedziała. – Żona zna sprawy swojego męża.

Znów założyła zawstydzające ubranie Agnieszki. Szpilki schowała do siatki i wyjęła je dopiero po wyjściu z lasu. Miała też na sobie karminową halkę i całą tę kurewską resztę. W garści ściskała złotą monetę z bliźniaczego skarbu Fryderyka. Złoto pochodziło z tego samego źródła co jej, to pewne. Kto jednak był pierwszym właścicielem? Jakie drogi przeszedł skarb, nim podzielił się tak równo i trafił w jej ręce? Takimi pytaniami zajmowała sobie głowę w drodze do aresztu. Nie chciała się bać, a to był dobry sposób.

Dyżurny w areszcie pamiętał Mariannę z poprzedniego pobytu, więc szybko dopuścił ją do Fryderyka.

Siedział na pryczy owinięty kocem, daleko od światła, bo go raziło. Ciągle miał gorączkę i dreszcze.

— Nie zwolnili mnie — odezwał się matowo. — Widzisz, nie zwolnili mnie…

— Zrobiłam, co pan polecił. To musi trochę potrwać.

— Ale ja nie mam czasu! — uniósł się. — Muszę wyjść, natychmiast, za chwilę, teraz!

— Co mogę zrobić? — zapytała.

— Idź do tego… dyżurnego. Poproś go, żeby mnie wypuścił na jeden dzień. Zapłać mu.

— Została tylko jedna moneta. Resztę wziął Rudziński.

— To daj mu tę monetę. To jest złoto, powinno wystarczyć. Powiedz, że chodzi tylko o jeden dzień. Wrócę w nocy.

— Co pan zamierza zrobić? Jestem wspólniczką, powinnam wiedzieć… — zdobyła się wreszcie na odwagę.

Podniósł powoli głowę. Spojrzał na nią tak, jakby tym pytaniem przekroczyła wszystkie granice.

– Chcesz wiedzieć?

Przytaknęła, z trudem wytrzymując presję.

– Dobrze, powiem ci o wszystkim. To bardzo osobista sprawa, ale powiem ci, bo jesteś moją… żoną. Tylko nie teraz. Teraz zrób coś, żebym stąd wyszedł jak najszybciej.

Bez trudu przekupiła dyżurnego. Dała mu monetę i siebie. To drugie uczyniła bez przymusu. Chciało jej się ruchać. Widok Fryderyka podniecił ją do tego stopnia, że było jej wszystko jedno, kogo wpuści między nogi. Dyżurny zamknął drzwi aresztu na zasuwę, oparł Mariannę na biurku, zarzucił jej płaszcz na plecy, podwinął spódnicę. Sama ściągnęła majtki. Kiedy poczuła napór przyrodzenia, uśmiechnęła się ze szczęścia.

Skradał się jak złodziej; złamany wpół, z postawionym kołnierzem i kapeluszem opuszczonym na czoło. Kulał i to go mogło wydać, więc starał się zejść ludziom z oczu jak najszybciej. Na szczęście było dość ciemno; zmierzch, sierpień, księżyc na niebie, świerszcze hałaśliwe i drażniące.

Dyżurny wypuścił go z aresztu na kilka godzin. Osiem, najdalej dziesięć. Miał gorączkę, wstrząsały nim dreszcze, więc milicjant dał trzy aspiryny, szklankę gorącej wody i kilka papierosów na drogę.

– Wraca pan najpóźniej o siódmej. Jak pana nie zobaczę, to pozoruję napaść, ucieczkę i ma pan dodatkowe dziesięć lat jak w banku. To się nijak nie opłaca.

Nic mu się już nie opłacało. Nie miał szans na żadne z ważnych spełnień. Mógł co najwyżej odnaleźć mgłę dzieciństwa w paru drobnych uczynkach, w kilku niewielkich gestach wycelowanych w cudzą radość. Akurat tak wyszło, że trafił na tego zasmarkańca z Bocianów i jego młodszą siostrę. Co im mógł dać? Parę groszy, chleb z marmoladą, kilka słów niecodziennych. Więc dawał, ale w tym handlu to on był górą. Coś wracało od gówniarzy, na co wcale nie liczył. Coś, czego deficyt przywiózł ze sobą pod podszewką swoich afrykańskich ubrań, a nawet głębiej – pod skórą, pod mięśniami, pod żebrami ochraniającymi serce. W tę pustkę i czerń wpadały spojrzenia Kazia i Miluśki, dotknięcia ich małych dłoni, ciepło oddechów. Miał już wyściółkę w tym zimnym, odstręczającym miejscu, cieniutką warstwę tkliwości. Nikt go dotąd tak nie obdarował.

Do miasta pojechał ostatnim autobusem. Wsiadł do niego na przystanku za Regnami, usiadł na końcu, powiesił płaszcz, zaciągnął połę na głowę, zapadł w głęboki, chory sen. Przyśniła mu się muzyka; druga część koncertu przeznaczonego na tę samą okazję, co wyprawa nocnym autobusem do miasta. Dużo celnych, dobrych dźwięków; żadnej tandetnej czułości, rozrzewniającej słodyczy czy innego nadmiaru. Pochód. Odgłos kopyt i racic, kurz, czerwonawy pył przestrzelony przez słońce, dudnienie ziemi, pochrapywanie zwierząt, woda przelewająca się w kiszkach. Siła i godność. Z taką muzyką można było zanieść do jaskini Engaiego Naroka nawet najzuchwalszą prośbę.

Była już noc, kiedy doszedł do murów ogrodu zoologicznego. Zakradł się od strony rzeki, minął przystań kajakową i betonowe, wypłukane przez wodę ostrogi. Tu mur stał na wysokiej skarpie; stary, ceglany, uzupełniony pordzewiałą kratą. Fryderyk wspiął się na skarpę, potem w poszukiwaniu miejsca na przełaz poszedł wzdłuż muru na kolanach. Wkrótce znalazł metalową furtkę z niestarannie naspawaną blachą. Wypchnął ją jednym kopnięciem. Z drugiej strony była zasuwa, ale i ta trzymała ledwo, ledwo. Wystarczyło jedno szarpnięcie, by otworzyć zaporę na całą szerokość.

Kluczył, nim znalazł właściwą zagrodę. Sprawdził zamknięcie. Nic się nie zmieniło – łańcuch spięty był zepsutą kłódką.

W obórce było parno i ciemno. Zebry już leżały gotowe do snu. Pojawienie się obcego nie wzbudziło w nich lęku. Fryderyk sięgnął po ogłowie wiszące na ścianie. Ubrał w nie stworzenie leżące najbliżej wyjścia. Zabrał też kawałek postronka i wiecheć podgniłej słomy.

Wyszli tą samą drogą. Zebra nie stawiała oporu. Była przyzwyczajona do wykonywania poleceń ludzi, a ten ponury, spocony człowiek rozsiewał wokół siebie woń zdecydowania i miał silne, nieznoszące sprzeciwu spojrzenie.

Fryderyk zacierał ślady. Szedł tuż za zebrą, poganiał, zamazywał słomą odciski kopyt. Kiedy pokonali furtkę, przywiązał zebrę do drzewa, wrócił za mur, zasunął zasuwę, potem starannie zamaskował przejście blachą. Rozejrzał się. Przy barakach, za ogrodzeniem przystani kajakowej zobaczył furgonetkę; starego żuka z przyczepką do przewożenia łódek.

Bramka prowadząca na podwórko była spięta łańcuchem. Fryderyk szarpnął za kłódkę, ale nie ustąpiła. Sięgnął pod dolną ramę i uniósł ją do góry. Wysunęła się z zawiasów dość lekko. Pochylony podbiegł do auta, zdjął płaszcz, owinął nim pięść i jednym uderzeniem wybił boczną szybkę. Uruchomił samochód, spinając przewody wyrwane spod kierownicy, odpiął przyczepkę, wyjechał za ogrodzenie, nie zapalając świateł. Przez kilka chwil walczył z bramką, ale bolce zawiasów nie chciały trafić w otwory. Poirytowany kopnął w siatkę, potem oparł bramkę o słupek.

Podjechał tyłem pod skarpę, opuścił klapę skrzyni ładunkowej, oparł ją o pochyłość, podłożył pod koła kamienie, odwiązał zebrę i ostrożnie wprowadził do furgonetki.

Do granic wioski Bociany dojechali o trzeciej pięćdziesiąt. Taką godzinę pokazał zegar w szoferce. Szarość wbijała się w ćmok dookolny, świtało, ale dzień jakoś nie chciał przeważyć. Jakby coś wiedział o wyroku na harmonistę z zatęchłej śmiertelnej izby.

Nikt w domu nie spał. Czuwali wszyscy – ojciec, matka, kościelny Mączka, Miluśka, pies i dwa koty. Siedzieli kołem z nim pośrodku – dobiegającym kresu artystą. W chłopcu ledwo paliły się oczy. Już widział coś niewidzialnego, już dotykał brzegów nieludzkiej krainy. Wyciągnął rękę, by nabrać garść tej dobroci.

– Ma czarną twarz ten… Engai afrykański… – odezwał się szeptem.

– Bo to jest Murzyn, Kaziczku kochany – przypomniała Miluśka.

Zaskrzypiały drzwi i wszystkie oczy zwróciły się w kierunku Fryderyka. Wszedł, zdjął kapelusz, odetchnął z ulgą.

– Gotowy na koncert? – zapytał Kazika.

– Gotowy.

– No to zbierajmy się…

– Engai jest czarny. Nie powinniśmy być czarni jak on?

Szybko namieszali sadzy z masłem. Posmarowali jeden drugiego. Tylko matka Kazika nie zamieniła się w Murzynkę. Chciała zostać biała.

– Nie wierzę w te czary – wytłumaczyła. – Tak samo, jak nie wierzę w czarną Matkę Boską ani w żółtego Buddę. Nikt jeszcze nikomu nie pomógł.

Kościelny Mączka pominął milczeniem słowa synowej. Podobnie uczynił jej mąż, chociaż przysiągł sobie, że obije kurwie pysk po pogrzebie. Odezwał się tylko czarny jak smoła Kazio Mączka.

– A pan Fryderyk, mamusiu?

Nie odpowiedziała, bo nie miała słów pod ręką. Pan Bóg jakiegoś koloru zabierał jej syna. Zostawiał ją z mężem pijakiem, maleńką córką i z tęsknotą wepchniętą do brzucha w chwili miejskiego zauroczenia. Nawet jeżeli istnieje, to jest chujem bez serca. Bandytą z zaszczanej bramy. Nie będzie więc robiła przedstawienia tylko po to, żeby ucieszyć jego żydowską gębę. Zresztą to wszystko to… chemia. Tak jej tłumaczył pewien poeta z miasta („Chemia, pani Wandziu. Człowiek to fabryka chemiczna. Stamtąd pochodzi ten zasrany towar: miłość, tęsknota, smutek i radość"). Uwierzyła mu. Był jednym z tych, którym się wierzy od razu i bez żadnego kościoła.

Zabrali materacyk z morskiej trawy, kocyk i poduszkę. Pościelili umarlakowi w szoferce, ułożyli go na posłaniu, wyprowadzili zebrę, wsiedli, gdzie kto mógł (Mączki – stary i młody – na pakę, Miluśka z Fryderykiem do szoferki). Pojechali na koncert.

– Widziałem zebrę. Więc to prawda? – zapytał Kazio po drodze.

– Prawda – skłamał Fryderyk.

– Prawda – skłamała Miluśka, używając drobniejszego kłamstwa niż pan nauczyciel.

– A jak nazywa się koncert? Czy ma jakiś tytuł?

– *Przejście przez rzekę Athi, czyli rozmowa z Panem Bogiem w sprawie nowego życia dla Kazika Mączki ze wsi Bociany pod Odrzywołem.*

– Taki tytuł?

– Taki.

– Piękny tytuł – uśmiechnął się Kazio jednym z ostatnich żywych uśmiechów.

Ułożyli grajka pod ołtarzem. Zaraz spojrzały na niego oczy świętych. Zdawało mu się, że dużo w nich miłości.

Fryderyk zagrał. Niepotrzebne mu były papiery z nutami. Wszystko pamiętał, każdy takt, każdą frazę, każde słowo i zdanie. Przecież wiedział, co chce powiedzieć. Zatrząsł się kościół od tej muzyki, zapadła się posadzka, a w jej miejsce popłynęła rzeka słodkiej wody. Skłoniły się nad nią ciężkie łby zwierząt. Piły i piły spragnione, a żadne nie bało się drugiego. Słońce spadło na grzbiety, wyzłociło wszystkie; czarne, białe, żółte, te w plamy, cętki i w pasy. Słonie podniosły trąby. Zatrąbiły w płonące niebo. Odezwały się lwy, tygrysy, małpy i hieny, a także ptaki tysięczne. Poszedł krzyk w górę, odbił się od nieba, wrócił do jaskini Engaiego Naroka. I obudził się czarny Pan Bóg i zrozumiał, i rzucił się do rozpalania ognia. Ale już było za późno.

Nie dojechał do Bocianów. Umarł po drodze. Zgasł po cichutku i bez demonstracji. Ale żywi zdecydowali, że i tak pójdą nad wodospady Athi.

Było już koło siódmej rano. Ruszyli w smutnym pochodzie: Fryderyk z Kaziem na rękach, Miluśka trzymająca się poły marynarki, czarny dziadek, czarny ojciec i biała matka. Zebra dreptała za nimi, a za nią drobił piesek. Nie podgryzał kopyt, bo nie miał do tego głowy. Szli, szli, aż doszli.

Wrócił żukiem do miasta. W drodze do więzienia płakał jak dziecko. Najpierw z żalu nad grajkiem, potem z żalu nad sobą. Śmierć Kazia Mączki zatarła jedyny widoczny znak na horyzoncie, najczytelniejszy z sensów, jakie pojawiły się w jego życiu po wyjeździe z Afryki. No bo co jeszcze miał? Siostrę umarłą za życia, sukę Pliszkę, okaleczoną kochankę, głupią służącą... Nic.

Dyżurny w areszcie nawet nie spojrzał na zegarek. Nie zrobił żadnej uwagi, tak był zdziwiony murzyńskim wyglądem Fryderyka. Na wszelki wypadek zabrał jednak pasek od spodni, żeby mu się głupek nie powiesił.

Nie wracał przez następny tydzień. Marianna każdego dnia ubierała się w myśliwski komplet jego matki, siadała na tarasie, zapalała papierosa i bawiła się rewolwerem (kupiła kilka paczek gorszych papierosów, wyjęła camele, ukryła w puszce po herbacie, włożyła fałszywe na ich miejsce). Czekała.

Polubiła palenie. Potrafiła już zaciągać się nosem, puszczać kółka oraz pstrykać niedopałkami daleko przed siebie. Nauczyła się też obsługi naganta. W szufladzie biurka Fryderyka znalazła paczkę nabojów i instrukcję napisaną po angielsku. Poszła za rysunkami, odblokowała klapkę zakrywającą komory nabojowe, napięła kurek i kilka razy strzeliła na sucho. Spust był bardzo oporny. Sprawdziła też działanie igły wypychającej łuski. Wszystko działało jak należy. Chciała mieć władzę nad tym kawałkiem żelaza, ale nie odważyła się strzelić. Przy każdej zabawie wsuwała pociski do bębenka, przekręcała go, napierała kciukiem na kurek, ale… zatrzymywała się na krok przed napięciem iglicy. Bała się, że będzie chciała coś zrobić z mocą tak przywołaną, że nie oprze się pokusie, strzeli i sprowadzi na siebie nieszczęście. Bo wyobrażała sobie głowę, w którą celuje, i mózg rozbryzgujący się jak wymiociny. To była głowa sekretarza Rudzińskiego.

Siódmego dnia założyła na siebie garsonkę Agnieszki Pilawskiej i komplet kurewskiej bielizny. Do torebki włożyła rewolwer. Wcześniej załadowała go siedmioma pociskami kalibru 7,62 milimetra. Tak wyposażona ruszyła w kierunku miasteczka.

Sekretarz nie wyglądał na zdziwionego. Otworzył drzwi w kilka sekund po dzwonku, jakby spodziewał się Marianny. Był podpity i czerwony na twarzy.

– Pani Marianna Agnieszka Greszel – odezwał się rozbawiony. – Proszę wejść, zapraszam uprzejmie.

Miał na sobie spodnie na szelkach i poplamioną koszulę. Wystawały spod niej kępki spoconych kłaków. Śmierdział wódką i moczem – jak niekastrowany knur. Marianna z trudem ukryła obrzydzenie. Weszła.

Usiedli naprzeciw siebie, jak urzędnik i petentka – on w fotelu za biurkiem, ona na twardym krześle.

– Zapłaciłam, a… męża ciągle nie ma. Czy może coś wiadomo? – spytała.

– Komu pani zapłaciła? Nie trzeba było płacić, to nierozsądne. Będzie rozprawa, po niej wyrok. Może sąd go uniewinni. To mógł być nieszczęśliwy wypadek – odpowiedział, patrząc jej prosto w oczy.

Kpił, żartował sobie z jej nieszczęścia. Zacisnęła dłoń na torebce, aż knykcie zbielały jak kartka papieru. Zabije go. Zastrzeli. Otworzy po cichu torebkę, prawą dłonią sięgnie po rewolwer i już unosząc go, napnie iglicę. To da się zrobić jedną ręką (sprawdziła to w domu ponad tysiąc razy). Potem dołoży lewą dłoń, wyceluje i dwoma palcami naciśnie spust. Tak planowała, ale wybił ją z zamiaru. Roześmiał się w głos.

– Żartuję, żartuję, moja kochana. Wypuszczę go za parę dni. Na razie musimy poudawać… Przesłuchania, zeznania, stan zdrowia. Tak musi być na razie, żeby później mogło być inaczej… – wyjaśnił filozoficznie.

Cofnęła rękę. Nawet nie przypuszczał, że właśnie darowała mu życie. I Fryderykowi. I sobie.

Wstał, zaszedł od tyłu, położył łapy na jej ramionach. Fala smrodu uderzyła w nozdrza Marianny.

– Dużo zależy od ciebie. Bardzo dużo…

– Ale ja nie mam już złota – przestraszyła się.

– Masz tyle złota, ile w tobie znajdę. Tylko muszę poszukać… – wyszeptał podniecony.

Pochylił się do jej karku, pocałował, wypuścił w jej kierunku kloaczny oddech. Poczuła, jak wzbiera w niej fala mdłości. Wstała gwałtownie.

– Nie mogę. Ja nie mogę… dzisiaj – poprawiła się. – Kobiece sprawy…

– Okres? A co to za przeszkoda. Przecież lubimy czerwień – skwitował śmiechem jej kłamstwo.

Odwróciła się i ruszyła w kierunku drzwi. Musiała się ratować.

– Może innym razem. Przepraszam.

Sekretarz spurpurowiał. Dogonił ją, chwycił za kark i przywlókł z powrotem do biurka. Uderzył otwartą ręką w ucho, aż głowa jej odskoczyła jak lalce.

– Ty kurwo z rynsztoku, ty zawszona dziwko! Nie znasz swojego miejsca?! Nie znasz?! To ci je pokażę!

Złapał Mariannę za włosy, przymusił do klęknięcia, wydobył z rozporka przyrodzenie i wepchnął jej do ust. Unieruchomił jej głowę, aż zaczęła się dławić z nadmiaru śliny i braku oddechu. Opamiętał się dopiero wtedy, kiedy zaczęła tracić przytomność. Pozwolił nieszczęsnej zaczerpnąć powietrza, potem używając jej głowy jak zabawki, zrobił sobie przyjemność. Ale nie skończył na tym. Zdarł z kobiety ubranie, rzucił ją na łóżko, doprowadził się ręką do wzwodu, potem opadł na jej pośladki.

– Jesteś tylko kompletem otworów. Niczym więcej. Wszystkie tym jesteście... Teraz wybieram sobie nową dziurkę, bo takie jest moje życzenie.

To powiedziawszy, wcisnął przyrodzenie między pośladki Marianny. Zawyła z bólu, potem zemdlała.

Całą noc przesiedziała w blaszanej wannie z mydlinami. Była obolała i pełna obrzydzenia do siebie. Gdyby mogła, ściągnęłaby kurewską skórę, spaliła albo rzuciła lisom na pożarcie. Parzyło ją każde spojrzenie w twarz, więc poodwracała lustra i lusterka. Nie jadła przez cały dzień, nie nakarmiła też Pliszki. Usiadła w kącie, za pianinem i siedziała tam przez kilka godzin. Pod tyłek podłożyła sobie poduszkę, żeby nie jęczeć z bólu.

Po szóstej wyszła na taras i zamiotła podłogę. Wystawiła na parapet radio, poszukała uspokajającej muzyczki.

Kiedy nauczyciel wyszedł z lasu, zobaczył światło jak w Afryce i skąpaną w nim Mariannę. Od razu zrozumiał, kogo udaje. Dał jej klucz do szafy ze skarbami, a ta głupia ukradła je wszystkie. Wzięła tak, jakby należały do niej; ubranie, papierosy, zapalniczkę, rewolwer. Patrzył na nią i nie wiedział, co myśleć. Nie wzruszył się, bo zapas tkliwości wyczerpał się w nim na lata. Został nad strumykiem opływającym zasraną wieś Bociany. (Tak mu się wydawało w tamtej chwili, ale się mylił. Ziarno posiane przez małą śmierć zakorzeniało się bezgłośnie).

Stanął przed tarasem na długie minuty. Patrzyli jedno na drugie bez słowa. Potem podszedł i usiadł obok głupiej. Sięgnął po papierosa. Zapalił. Od razu rozpoznał, że to nie są papierosy jego matki.

– Camele się skończyły – wyjaśniła.

Zrobiła mu kolację i nastawiła wodę do kąpieli.

Wieczorem stanął pod oknem w salonie, z rękoma założonymi do tyłu. Zbierał słowa, a ona czekała spokojnie. Rozbierała się. Rozwiązała chustkę, zdjęła ją z szyi, złożyła we czworo.

– To była fabryka nieszczęść… ta nasza Afryka – odezwał się głucho. – Najpierw ojciec. Spadła mu na plecy belka z konstrukcji mostu. Wylądował na wózku inwalidzkim, a potem na cmentarzu. Pożarł go lew, jak w najgorszym filmie. Potem Marysia… Zakochała się w miejscowym. To był prawdziwy wojownik. Wysoki, piękny Masaj. Matka oczywiście nie chciała słyszeć. Chłopiec podobał się jej i nie zamierzała się nim dzielić. No i Marysieńka… zastrzeliła ją z jej własnego rewolweru. Tak bardzo kochała. Wyobrażasz sobie?

Wyobrażała sobie.

– Wyobrażam – odpowiedziała.

Odwrócił się. Spojrzał na Mariannę tak, jakby widział ją po raz pierwszy w życiu. Ściągnęła afrykańską bluzę założoną na gołe ciało. Pokazały się kształtne piersi, brzuch z napiętą skórą, gładkie ramiona, na karku wykwitła gęsia skórka. Nie była zawstydzona. Ułożyła bluzę na stole i bardzo starannie wygładziła wszystkie zagniecenia. Zapięła guziki, powiesiła bluzę na wieszaku. Nie widziała, że Fryderyk oblizał spierzchnięte wargi. Podnieciła go, choć wcale tego nie chciała. Miała inny zamiar – rozebrać się i jak najstaranniej powiesić ubranie na wieszaku.

Wysmarkał nos w chusteczkę, wrócił do opowiadania.

– Wtedy nasze życie się skończyło. Ja miałem dwadzieścia siedem lat, ona trzydzieści cztery. Ją zabrali do więzienia. Na piętnaście lat; wyspa Lamu. Piekło. Trudno to sobie wyobrazić. Poczekałem, aż wyjdzie, a potem przyjechaliśmy do Polski. Marysia chciała, żebym zamieszkał z nią, ale… nie potrafiłem. Bardzo kochałem matkę…

Marianna zdjęła spodnie i zaczęła je składać z przesadną

starannością, nie patrząc wcale na nauczyciela. Spojrzała dopiero wtedy, kiedy zawiesił głos. Zdążyła. Złapała jego łakome spojrzenie. Znów bezwiednie oblizał wargi.

– Moja matka… To było dość dziwaczne, bo ona… prawie do mnie nie mówiła. Do tych wszystkich… zastrupiałych czarnych zasrańców przemawiała bez przerwy… Kamaria, Zudi, Bosede, Otieno, Mibeba. Pamiętała każde imię, całowała je w główki, wyjmowała muchy z oczu… A potem siadała na tarasie i paliła papierosa. Wtedy była zbyt zmęczona, żeby mnie… zawołać po imieniu.

Zdjęła podkolanówki i zaraz po nich majtki. Stała teraz pośrodku pokoju całkiem naga, ale nie czuło się w tym ostentacji. Nagość należała do niej, a ona do tego pokoju. Pokój zaś był częścią jej nowego, własnego świata. Nie musiała się w nim niczego wstydzić. Nauczyciel tego nie zrozumiał. Odebrał zachowanie Marianny jako grę miłosną. Podszedł, chwycił ją za ramiona, ale wyślizgnęła się delikatnie i stanowczo. Odwróciła się, spojrzała śmiało w oczy.

– Kiedy tu przyjechałam, kazał mi pan oszczędzać słowa. Spodobało mi się to. Zależy mi, żebyśmy wrócili do tego zwyczaju. Czy mogę o to prosić?

To powiedziawszy, zdjęła z krzesła wieszak z bluzą i resztę garderoby.

– Zabieram to do… mojej szafy – oświadczyła.

Fryderyk wyszedł na taras. Usiadł w wiklinowym fotelu jak starzec. Opuścił głowę. Był zmęczony wyznaniem uczynionym przed chwilą. Zmieściło się w kilkunastu zdaniach – całe życie. Podbiegła Pliszka, otarła się o nogi, ale nie zareagował. Miał dość jej umizgów i psiej miłości. Chciał wyrzucić z pamięci te przesadzone obecności rozmaitych stworzeń; kotów, psów, zebr i ludzi. Za dużo tego wszystkiego. Za dużo wszystkich. Musi wrócić do równowagi. Ta głupia zmieniła jego życie. Razem z nią przyjechał w to miejsce nadmiar ciekawości, żądz i oczekiwań. Ją też powinien przepędzić. Obiecał, że opowie wszystko, co pamięta. Opowiedział. Nie poczuł się z tym dobrze. Zachował się jak handlarz na straganie, wystawiając na sprzedaż własną drogocenną pamięć.

Zapalił papierosa, sięgnął po rewolwer zostawiony przez Mariannę, sprawdził komory nabojowe. Wszystkie były pełne. Naciągnął iglicę.

Nie obudziła się, kiedy otworzył drzwi. Spała jak dziecko. Fryderyk spojrzał na nią jak na zmarłą. Już wiedział, co powie śledczym. Zaplanował to sobie w drodze z tarasu do służbówki. (Nie wie, skąd wzięła rewolwer. To dziwna i tajemnicza osoba. Poleciła mu ją starsza siostra, bo wydała się jej uczciwa i pracowita. Ale to pozory. W głębi duszy była chora na szaleństwo. Zarobaczona wewnętrznie. Jak jego pianino, które mimo to nie traci dźwięku. Tak, zakochała się. Nie wie dlaczego, nie jest przecież atrakcyjnym mężczyzną. Zakochała się i wymyśliła, że ma do tej miłości konkurentkę – panią Irenę Rudzińską. Wszystko odbywało się w jej głowie, bo na zewnątrz niczego nie było widać; sprzątała, prała, dbała o dom i Pliszkę. Modliła się. To ostatnie robiła z przesadą. Była religijną fanatyczką i to mogła być jedna z przyczyn samobójstwa. Ale najpierw wypchnęła panią Irenę przez okno. Ukrył to. Skłamał, że nie zna okoliczności. Znał je. Był obok i próbował zapobiec tragedii, ale nie zdążył. Zastrzeliła się. Najpewniej z poczucia winy).

Nie strzelił do niej. Zrobił coś zupełnie innego. Cicho spuścił iglicę, odłożył rewolwer i usiadł na łóżku. Poczuł narodziny tkliwości. Jakby to coś posiane w nim przez gówniarzy z Bocianów wzrosło nagle. Pomyślał nawet, że ją kocha (chyba kocham tę głupią), ale zaraz porzucił tę niedorzeczną myśl. Od dawna nie kochał już nikogo. Położył się na łóżku najciszej, jak umiał. Obudziła się. Przytuliła trzęsącego się w gorączce chłopca z Afryki.

Wyszła z domu bardzo wcześnie. Zostawiła na stole śniadanie; kilka kromek ukrojonych i posmarowanych wedle jego upodobań, szklankę z wsypaną odrobiną herbaty i cukru. Na krześle ułożyła świeży podkoszulek, koszulę, majtki i skarpetki.

Kiedy się obudził, nie od razu zrozumiał, dlaczego leży w jej łóżku. Wybiegł na taras. Zdążył tylko zobaczyć niewyraźną sylwetkę. Miała na sobie jasny płaszcz. Ten sam, w którym przyjechała kilka tygodni wcześniej. Śpieszyła się. Za chwilę zniknęła pośród drzew. Zostawiła go ogłuszonego snem, przyciśniętego strachem, że już nigdy jej nie zobaczy.

Poszła do szpitala. Chciała się spotkać z Rudzińską, żeby ustalić warunki współistnienia. Właściwie miała już prawie to, co sobie zaplanowała. Ale nie chciała współżyć seksualnie z Fryderykiem. Uznała, że taka bliskość zbruka ich porozumienie. Poza tym tęskniła za świętym spokojem. Ostatnie wydarzenia rozstroiły ją. Nie mogła się skupić na niczym ważnym i powrót do rytmu sprzed wypadku był koniecznością. Wrócą do rytuałów; do stania z Andrzejkiem na tarasie, podglądania Ireny kopulującej z Fryderykiem, dwunastu słów na dzień… Tak sobie obiecywała, choć zupełnie nie potrafiła w to uwierzyć. Na każdym obrazie tego porządku kładł się inny, taki, który był jego przeciwieństwem.

I przyciskał tamten jak kamień położony na wieko trumny. Wyżej była ziemia, nad nią trawa i drobne, rozczulające kwiatki.

Irena wyglądała dużo lepiej niż ostatnim razem. To były jej ostatnie dni w szpitalu. Uśmiechnęła się na widok Marianny.

– Spodziewałam się ciebie – oznajmiła.

Rozmawiały długo i przyjaźnie. Od czasu do czasu wybuchały śmiechem. Kiedy nadeszła pora obiadu, Marianna nakarmiła przyjaciółkę, potem wymyła szpitalne naczynia i odstawiła na wózek. Przez chwilę poczuła się jak boromeuszka, ale to nie było ważne uczucie; refleks przeszłości, rutyna wpisana w mięśnie, ścięgna i mózg. Gówno bez znaczenia.

Pożegnały się czule. Żona sekretarza przyciągnęła dłoń służącej do ust i pocałowała z wdzięcznością.

– Nie zawiedziesz się na mnie. Dam mu tyle rozkoszy, ile nikt nie dał. Jestem najlepszą dziwką na świecie.

Na biurku leżały kartki z zapisem niedokończonego koncertu. Fryderyk zebrał je starannie, przedziurkował, wpiął w segregator. Nie wiedział, co robić. Odkąd zatęsknił za Marianną (na łóżku służącej, w chwili przebudzenia), w nauczycielskim domu rozpanoszyła się samotność. Wdarła się w ściany, meble, naczynia, sztućce, kurz, a nawet światło wpadające przez okna. Nagle i bez uprzedzenia. Niepotrzebne jej były godziny ani dni. Spadła na dom jak plaga żarłocznych myszy.

Włożył skórzane rękawiczki, znalazł młotek, gwoździe, obcęgi, piłkę i kilka starych desek. W asyście zdziwionej Pliszki załatał budę, poprawił rozchwiany płotek, pozbierał kamienie, ułożył je pod tarasem. Był jeszcze słaby, ledwo chodził, ale musiał coś robić, żeby zagłuszyć tę nową, udręczającą obecność.

Ta głupia... Ubrał ją w karminową halkę, pomalował usta, ale nie stała się podobna do jego matki. Była inna, niezdolna do poruszenia pamięci w sposób, na jaki liczył; psia, sucza, podległa i nieistniejąca osobno. Niewolnik, Murzynka z Kenii, jedna z niezliczonych kochanek ojca wczytujących się w jego pragnienia. Tym brakiem podobieństwa doprowadzała go do szału. Podobnie jak poprzednie służące. Tak było do chwili, kiedy zobaczył ją w myśliwskim ubraniu matki. Sama znalazła sposób, by rozszarpać mu duszę. Naciągnęła na siebie skórę tamtej, włożyła do ust jej papierosa. Ta głupia nie była taka głupia.

Minęło kilka godzin. Fryderyk zjadł kromkę chleba z masłem i pomidorem, wymył dłonie, usiadł do pianina i... wstał zaraz. Nie zagrał.

Zaczął pisać list do siostry.

Droga Mario,

dziwne dostaję życie. Piszę „dostaję", bo coraz mniej w nim zdarzeń powołanych przez moją niepodległą wolę. Pojawiają się impulsy, których wcześniej nie znałem i którym nie potrafię się oprzeć. Ich źródło jest silniejsze od moich postanowień oraz od charakteru, który wyraźnie słabnie. Nie, nie wariuję. Odkrywam po prostu, że we mnie samym jest coś, co dotąd uśpione – budzi się do życia. Ani się z tego cieszę, ani tym smucę. Oglądam to sobie jak przyrodę, w której zmieniają się sezony i przybywa nowych stworzeń. Ożeniłem się. Tak, tak. Poślubiłem kobietę, którą mi przysłałaś. Odkryłem w niej podobieństwo do Agnieszki (czy aby nie dlatego pchnęłaś ją w moją stronę?) i... poszedłem za starą tęsknotą, udając, że idę jedynie za ekstrawagancją. Ta Agnieszka nie jest tamtą. Ma wprawdzie to samo imię, ale ani odrobiny radości wewnętrznej, jasności, którą tak chętnie i tak hojnie obdarowywała tamta (choć Ty sama nazywałaś ją złodziejem światła). Jest w niej jednak coś, czemu coraz wyraźniej ulegam; przyciągający mrok, promieniowanie pustek, echo otchłani bezdennych. Ciemność głębsza od moich najgłęb-

szych czerni (czy to w ogóle możliwe?). A ja postąpiłem za
tym, zrobiłem krok i pójdę już chyba jak ćma na spalenie.
Może właśnie tego mi potrzeba? Pochowałem też przyjacie-
la, ale o tym nie potrafię jeszcze pisać swobodnie; boli mnie
pamięć jego bezbronności. To był piękny mały człowiek. Mały
i wielki. W sprzeczności, którą uosabiał, mieści się metafora
ogólnoludzka; wskazanie na całą możliwą rozpiętość człowie-
czeństwa. Kazio Mączka, mój przyjaciel o pospolitym nazwi-
sku, nauczył mnie więcej niż wszyscy nauczyciele przed nim
(chociaż to mnie nazywają nauczycielem). Płaczę po nim jak
dziecko po dziecku. To prawdziwy płacz i gdybyś tu była –
wiem, jak trudno w to uwierzyć – zobaczyłabyś prawdziwe
słone łzy. Przytulam Twoje stare kochane kości. Twój młod-
szy brat, nauczyciel wiejskich bachorów, Fryderyk.

Pisanie dało mu godzinę wytchnienia. Poślinił kopertę,
zakleił ją, na chwilę zapomniał o biedzie. Nie przeszkadzało
mu, że skłamał, opisując Mariannę, podobnie jak skłamał,
wspominając Agnieszkę. Znał siebie wystarczająco dobrze,
by wiedzieć, że oglądając kobiety, patrzył na refleksy swoich
świateł i otchłani. W każdej chciał znaleźć matkę, żadna nie
była zdolna mu jej podarować.

Wyszedł na taras, spojrzał w kierunku lasu, zobaczył pustą drogę. Żaden kurz nie wisiał w powietrzu, nikt nie zmierzał w kierunku kolejarskiej chaty. Postanowił oswoić się z myślą, że odeszła. Porzuciła go, zostawiając dla pozoru ubrania i trochę osobistych rzeczy. A co miała zrobić? Zostać ze schorowanym dziwakiem, zgorzkniałym starcem bez pieniędzy? A jeżeli nie uciekła, to gdzie się, do cholery, podziewa? Jak tak można? Co z obiadem, kolacją, kaszą dla Pliszki?

Postawił na podłodze pudełko od pasty, nalał terpentyny, przygotował strzykawkę. Zajmie się robactwem – postanowił – to go uratuje. Wydłubał z dziurek woskowe korki, oczyścił kanały drucikiem i – jeden po drugim – zalał terpentynową śmiercią. Zrobił rzecz niesłychaną, bo dotąd dawał stworzeniom szansę. Czekał na narodziny, wzrastanie, na dźwięk chrobotliwy. Tym razem nie poczekał na nic.

Była u sekretarza. Nie, nikt jej nie zmusił. Poszła tam zaraz po szpitalu, ulegając nieodpartej potrzebie. Naturalnie, pamiętała, co się stało; ból i poczucie krzywdy nie opuściły jej, ale ta perwersyjna potrzeba była silniejsza. Wspięła się po schodach, zadzwoniła do drzwi, wstrzymała oddech. Przywitał ją bez zdziwienia. Znów był podpity, ale cuchnął mniej niż ostatnim razem. Włączył gramofon, położył jakąś płytę. Oczy miał czerwone od płaczu.

– Czułem się bardzo samotny – wytłumaczył.

Usiadła na nim z uczuciem ciepła w sercu. Nawet nie rozebrała się do końca. Wzięła sobie przyjemność, napiła się wódki ze swoim dobroczyńcą, wypaliła cztery papierosy, podmyła się, potem znów usiadła. Za drugim razem poruszała się wolniej, żeby poczuć każdy fragment drogi w górę i w dół. Tak jej się to spodobało, że aż zaśmiała się z radości.

– Mam ochotę na sprośne słowa – przyznała się ze wstydem.

– To mów, nie hamuj się.

– Kurwa, kurwa, kurwa! – wykrzyknęła.

– Tylko tyle?

– Jebana kurwa, dziwka z burdelu… zaraz ci obciągnę kutasa!

Dotrzymała obietnicy. Zsunęła się z Rudzińskiego, dokończyła robotę ręką, poszła umyć krocze i wypłukać usta.

Za oknem rozległ się pomruk burzy, o szybę uderzyły pierwsze krople deszczu.

Nad miasteczkiem Regny, lasem i kolejarską resztówką rozpętało się piekło. Burza stanęła w miejscu. Przez długie godziny błyskawice zachodziły na siebie, czyniąc dzień z nocy i oślepiając elektrycznym światłem. Deszcz zasłonił wszystko, co miało jakiś kształt. Padał z taką siłą, jakby chciał wypłukać z ziemi cały zalegający w niej brud, usunąć najmniejszy ślad zbrukania. Popłynęły strumienie w bruzdach polnych i potoki w rowach. Pod kolejarską resztówkę przybiegły sarny, lisy i dziki. Spojrzały na człowieka siedzącego na tarasie, ale nie pośpieszył im z pomocą. Był zajęty ratowaniem siebie.

Trząsł się z zimna i strachu. Czekał na powrót Marianny, pośpiewując pod nosem jakąś francuską melodyjkę. Brzmiała fałszywie i zbyt wesoło jak na jego nastrój. Wreszcie zauważył światła. Przebiły się przez deszcz jakieś pięćdziesiąt metrów przed domem. Błyskawica przecięła niebo. Rozpoznał. To była służbowa wołga Rudzińskiego.

Podjechali. Sekretarz został w aucie. Nie pomógł wysiąść Mariannie, nie spojrzał w kierunku Fryderyka. Przyjechał pod dom nauczyciela, bo tak mu się zachciało. Pomyślał, że to lepsze niż picie wódki do rana.

Weszła na taras, odgarnęła z czoła mokre włosy. Starała się nie patrzeć w oczy mężczyzny, by go do reszty nie odrzeć z godności. I tak wyglądał żałośnie. Przysunęła krzesło do fotela. Usiadła.

– Dzień był pełen niespodzianek. Odwiedziłam Irenę w szpitalu. Czuje się lepiej. Pozdrawia.

– Dziękuję – odpowiedział.

Nie liczył słów, ale czuł, że było ich dwanaście i więcej już nie będzie. Rozpłakał się jak małe dziecko.

To była miłość. Fryderyk nie przyznał się do niej od razu. Nie dowierzał. Brakowało mu pojedynczych zachwytów, zatrzymań oddechu i zachłyśnięć. Drobin, które dodawane jedna do drugiej pozwalały odczuwać drogę (czy nie tak dochodzi się do miłości?). Nie zaznał podniecającego wyczekiwania. Bardzo mu tego brakowało.

Minęło kilka tygodni. Powietrze zapachniało jesienią. Fryderyk i Marianna wchodzili w nową codzienność. Zachowywali się ostrożnie, żeby nie naruszać granic określonych po powrocie Marianny od sekretarza. W tej nowej równowadze dużo było ciszy. Kobieta modliła się trzy razy dziennie, poza tym – gotowała, sprzątała, prała, prasowała. Nauczyciel wrócił do komponowania muzyki. Postanowił napisać elegię, by za jej pomocą wyrazić smutek po odejściu małego Kazia Mączki. Ta rzecz połączona z poprzednim koncertem (zapisał go na papierze) miała ostatecznie zamknąć żałobę. Chciał patrzeć do przodu, więc starał się nie myśleć o siostrze, matce, ojcu i innych osobach z przeszłości (Kazio był wyjątkiem, poza tym należał do przeszłości tak nieodległej, że jeszcze zachodzącej na teraźniejszość).

Porozumiewali się, używając dwunastu słów dziennie. Fryderyk cierpiał. Odkrywał obudzone uczucie i chciał je jakoś wyrażać. Każdy dzień zaczynał od wyznania: „Kocham cię, Marianno". W odpowiedzi pukała się w głowę. Nie rozumiała, jak można być tak rozrzutnym. Oddanie trzech słów w sprawie tak nieistotnej skazywało go na dziewięć we wszystkich innych sprawach. Ale dawał sobie radę. Określał potrzeby bardzo powściągliwie. Nie używał słów: „dziękuję", „proszę", „dzień dobry" czy „dobranoc". Zamiast tego uśmiechał się i lekko skłaniał głowę. Nie prosił o jedzenie ani o picie. Czekał, aż go Marianna powiadomi, zużywając swój własny przydział. Oszczędzał. Zależało mu na takim bilansie, by pod koniec dnia, w chwili rozejścia się do pokojów, mieć w zapasie trzy słowa na wyznanie: „Kocham cię,

Marianno". Ostatecznie, gdy zawodziły go spryt i rachunki, wyznawał miłość w dwóch lub jednym słowie. Resztę dopowiadał sobie w środku.

Pisał listy do siostry. Tam nie żałował słów. Do opisania nowej sytuacji używał frazy rozległej i malowniczej. Komponował ją jak muzykę, nie zapominając o tłach, losach bohaterów drugoplanowych, przyrodzie żywej i nieożywionej. To była rekompensata za ograniczenia. Na razie nie wysyłał listów. Wiadomość o tak gruntownej odmianie mogła zabić Marię.

Kochana Mario,

moja samotna i najlepsza z sióstr,

w końcu wiem, co to miłość. Nieraz zaznałem smaku czegoś, co ją przypominało, ale ostatecznie odkrywałem, że to jedynie miazmaty i ułuda. Że trzeba to porzucać czym prędzej, żeby się nie zatruć śmiertelnie. Uciekałem. Robiłem to w imię bliżej nieokreślonej wolności, której zażywanie miało mnie uczynić człowiekiem spełnionym. Spełniłem się – w egoizmie, samotności, zdziwaczeniu. Wszystkie inne zamiary umarły. Najpierw we mnie, potem w świecie, który mnie zawierał. Oddychałem morowym powietrzem niemocy, którą sam rozścieliłem wokół siebie. W imię idei niepodległości artysty. Ale artysty nie ma tak długo, jak długo nie ma dedykacji człowieczej; wycelowania ze sztuką w jedno

*cudze serce i jedną parę oczu. Niech będą niebieskie, brą-
zowe czy czarne – byle należały do kogoś. Nie wiedziałem
tego i długo nie potrafiłem odkryć. To było zbyt proste i zbyt
odlegle... bliskie. Nie, nie mylę się. Ta odległość to kilkanaście centymetrów wewnętrznych; dystans między własną
głową i sercem. Ostatecznie – pokonałem go niedawno. Zobaczyłem niepospolitość ludzką, małą, kruchą istotę; chłopca zmierzającego ku śmierci z taką odwagą, jakiej nie widzi
się w zmierzających ku... życiu. To on otworzył we mnie
małą dróżkę do mnie. A potem zobaczyłem Mariannę. Ja-
snego, świetlistego człowieka, który dał przystęp czerni, by
mnie ocalić... Tych dwoje zbudowało mnie na nowo w kilka
chwil.*

*Piszę lament muzyczny. Pragnę zawrzeć w nim smutek
po śmierci Kazia Mączki, bo tak nazywał się ten chłopiec
(nie pamiętam, czy o tym wspominałem). Chorował na polio, miał jasną główkę i niebieskie oczy. Teraz wspina się po
tęczy. Zmierza nad nasze dziecięce wodospady, w objęcia
zimnej Athi.*

*Tu powoli spada na nas jesień. Znasz tę chwilę, kiedy
razem z mgłą przypływa zapach wrzosów, łętowych dy-
mów znad kartoflisk, wilgoci przyziemnej – uwodzicielskiej
i smutnej. Nostalgia przeszczekana psimi skargami, noce
zimne i świszczące, poranki z grudą i szrenią ponocną – to*

właśnie zaczyna mieszkać z nami – ze mną i moją ukocha-
ną Marianną.

Żyjemy sobie nieśpiesznie. Wreszcie mamy czas na ży-
cie. Piszę za nią i za siebie, ale to jedynie moje serdeczne
życzenia. Nie pytałem jej o zdanie w tej delikatnej sprawie.
Mało rozmawiamy ze sobą.

Ciekaw jestem, co tam u Ciebie, na co teraz narzekasz
i kogo przeklinasz. Bo przecież przeklinasz kogoś, praw-
da? Ubieraj się ciepło. Chodzi głównie o nogi i głowę, to
przez nie ucieka z człowieka życie. Ale to chyba nie doty-
czy Ciebie, biedna kostucha i... spadkobiercy. Wiem, wiem,
żart gruby i nieudany, ale go zostawiam. Niech zaświadcza
o moim postępującym idioceniu. Na szczęście nie musisz się
temu przyglądać z bliska. Przytulam do serca twoje stare,
podłe, kochane kości. Twój coraz młodszy brat, Fryderyk.

Szli przez las świątecznie wystrojeni. Irena miała na
sobie białą sukienkę i jasny płaszcz, zaś Andrzejek czarny
garniturek. Na twarzy kobiety połyskiwały dwie większe bli-
zny i kilka mniejszych. Mimo tych oznak niedawnego nieszczęścia wydawała się pogodna i pełna dobrych oczekiwań.
Odwrotnie niż jej syn. Ten był naburmuszony i niechętny

całemu światu, szczególnie temu, który zmuszał go do nauki gry na pianinie. Zmierzali na lekcję muzyki.

Jako pierwsza zauważyła ich Marianna. Akurat zajmowała się wytapianiem wosku ze starych ramek pszczelich znalezionych na strychu. Oparła je o ścianę tarasu, podstawiła foremkę do pieczenia ciasta, nakierowała na słońce. Nie mieli pieniędzy, więc postanowiła oszczędzać (złoto podziemne czekało na ważniejszą chwilę). W klasztorze nieraz wyrabiały z siostrami świece z wosku zebranego z lichtarzy i posadzek. Były ciemniejsze, mniej pachnące, ale się paliły. Te z ramek pszczelich mogły być całkiem dobre, może nawet lepsze od klasztornych.

Kiedy zauważyła nadchodzących, uśmiechnęła się.

Fryderyk klęczał na podłodze w pokoju z pianinem. Zabijał. Tego rana znów odezwały się kołatki. Przetrwały eksterminację i teraz ogłaszały światu triumf. Dźwięk nie miał takiej mocy jak w poprzednim sezonie. Nie, nie zmienił się – był taki sam; skrzypliwy, suchy, irytujący. To nauczyciel się zmienił. Jego zakochanie i odbudowany spokój wewnętrzny przeniosły całą drogę dźwięku – od łepka uderzającego w sklepienie korytarza przez ucho muzyka do jego mózgu – na inny poziom. Zrównały jego istnienie z istnieniem innych odgłosów. Znów był immanentny, przynależny, wpisany w życie ludzkie. Ale i tak trzeba go było eliminować, dla dobra ważniejszych dźwięków. Właśnie to robił, ubrany dość komicznie w czarny garnitur, białą koszulę (jakby się umówili z Andrzejkiem), zarękawki i... lekarski stetoskop. Najpierw wsłuchiwał się w odgłosy gołym uchem, potem potwierdzał przypuszczenia za pomocą lekarskiej słuchawki, odkładał ją, sięgał po pudełko z trucizną. Dalej następowała już po wielekroć powtarzana rutyna – nabranie terpentyny do strzykawki, wypuszczenie z igły powietrza, iniekcja.

Wstał, spojrzał machinalnie w okno. Zobaczył dwie sylwetki ludzkie nadchodzące od lasu.

Wyszedł na taras. Marianna podniosła głowę, spojrzała prosto w oczy. Musiał się odezwać. Wiedział, że zmarnuje dwa słowa, ale musiał ją o to zapytać.

– Potrzebujesz tego?

– Potrzebuję – odpowiedziała oszczędnie.

Opuścił głowę. Przyjął wyrok ze smutkiem.

Znów uczył nieuka gry na pianinie. Andrzejek starał się, jak mógł, siedział prosto, trafiał w klawisze według zadanej kolejności i... nie grał niczego, chociaż grał. Nauczyciel krzywił się z bólu. Chodził po pokoju, próbował nie patrzeć na Rudzińską, ta jednak śledziła każdy jego ruch. Wreszcie spojrzeli na siebie. Przywołała na twarz krzywy, bolesny uśmiech. Odpowiedział życzliwie. Dał znak, że przystaje na takie rozwiązanie; ona zamiast Marianny. Niech siada na nim, tak jak siadała, tylko niech o nic nie pyta. I niech nie wyznaje miłości. Nie ma o niej żadnego pojęcia. Jest tylko pospolitą kurwą.

Dzień poszedł do przodu wedle starych porządków. Andrzejek stanął na tarasie z jednej strony drzwi, Marianna z drugiej. Ona zapaliła papierosa, on włożył do ust landrynkę. Puściła kółko, potem drugie, jeszcze bardziej okrągłe. Uczniak otworzył usta z zachwytu.

– Kółko…

– Zapomniałam o cukierkach. Miałam dużo obowiązków – usprawiedliwiła się.

– Eee, nic… – odpowiedział i pokręcił głową na znak, że nic się nie stało. Spojrzał głodnym wzrokiem na dłoń Marianny. Zrozumiała. Podała papierosa, wypluł landrynkę na dłoń, zaciągnął się raz, potem drugi.

Rudzińska przejęła od Fryderyka część jego czynności; znalazła serwetkę w kwiatki, rozścieliła ją na krześle, rozpięła nauczycielowi spodnie i zsunęła je do kolan. Usiadła. Kochanek zamknął oczy. Bez trudu zamienił kurwę na ukochaną. Oszukiwał. Był z tamtą, nie z tą. Seks nie trwał długo, jakieś dziesięć minut – obydwoje byli zgłodniali. Kiedy skończyli, Irena pocałowała Fryderyka w czoło.

– Dziękuję – odezwała się drżącym głosem.

– Nie ma za co – odpowiedział.

Wyszła na taras, do Marianny. Stanęła obok niej, wciągnęła powietrze do płuc.

– Las... Zazdroszczę ci... lasu.

– Nie zazdrość. On należy również... do ciebie.

Wiedziały, o czym sobie powiedziały, nie były głupie. Służąca przytuliła żonę sekretarza, pocałowała ją w policzek, a potem w czoło. Obydwie wzruszyły się tą nieoczekiwaną chwilą. Kiedy minęła, Irena wzięła Andrzejka za rękę. Poszli w kierunku lasu. Za chwilę byli już tylko maleńkimi figurkami na tle ściany drzew.

Marianna była zadowolona. Nauczyciel przyjął jej reguły gry; nie wchodził w drogę, pilnował słownych rachunków. Po lekcji muzyki poszedł do szkoły, wrócił późnym popołudniem, zjadł to, co mu przygotowała (rosół na kurzych korpusach z dużą ilością marchewki, ziemniaki z jajkiem sadzonym, mizerię na chudej śmietanie), wypalił papierosa, usiadł do pianina, zapisał parę muzycznych zdań. Ona tymczasem urządzała swój pokój od nowa. Pod oknem zbudowała niewielki ołtarzyk (dwa stojaki na kwiaty i oparta na nich deska). Przykryła deskę koronkową serwetą, ustawiła wazonik, sięgnęła do walizki po świętego Rocha (tam spędzał ciemne noce odwrócony twarzą w dół), znalazła mu miejsce na samym środku świątynnego stołu.

Wybrała się pod las po polne kwiatki. Narwała zapóźnionych chabrów, stokrotek i wrzosu.

Pożegnali się o dwudziestej drugiej.

– To był piękny dzień. Kocham cię, Marianno.

Mogła odpowiedzieć dziewięcioma słowami. Tyle jej jeszcze zostało.

– Dobranoc – pożegnała go.

Przez całą noc pisał muzyczny lament. Wszczepił weń tyle tęsknoty, ile się dało. Czuł, że to jeden z ostatnich smutków w jego czarnym życiu, że teraz będzie jaśniejsze (może nie od razu całkiem jasne, ale nigdy już tak ciemne jak dotąd). Żegnał się z myślą o stworzeniu wielkiego dzieła. Na to trzeba serca rozdartego, a jego zrastało się właśnie pod wpływem uczucia do Marianny. Ale przystawał na ten rachunek – to w miejsce tamtego. Przecież umiał wyliczyć, co mu się bardziej opłaca.

Nad ranem usiadł do listu.

Droga Mario,
moja najsamotniejsza z sióstr,
wypowiadam dwanaście słów dziennie. Każde z nich
waży tyle co los pojedynczego człowieka. Słowo Szymon

zwane Piotrem, słowo Andrzej brat Szymona, potem słowo Jakub syn Zebedeusza, brat tego słowa Jan, Filip, Bartłomiej, Tomasz, Mateusz, Jakub syn Alfeusza, Tadeusz, Szymon Zelota, Judasz. Wszystkie te słowa służą mi jak apostołowie Jezusowi; zaświadczają o mnie, wypierają się mnie, zdradzają, ogłaszają radość, zwątpienie, nadzieję.

Jak wiesz, nigdy nie byłem przesadnie religijny. Dopiero teraz, w obliczu odkryć o sobie i otaczającym mnie świecie – zadziwiających, jakbym wcześniej był ślepcem – zaczynam wierzyć w Boga. Nie, nie wariuję – nie lękaj się. Nawet w stanie tego nowego pobudzenia zachowuję umiar. Czasem, pośród innych zajęć, przyklękam na jedno kolano i dyskretnie się żegnam. Zdarza się to (jeżeli się zdarza) koło południa; wtedy od kościoła w Regnach dochodzi blade echo dzwonów bijących na Anioł Pański. Ten impuls mi wystarcza.

Namyślam się. Powściągam. Mam do dyspozycji dwanaście słów, a do wyrażenia cały wszechświat odnowionych emocji. Przypominają się te drobiny z pamięci najwcześniejszej; drobne ukłucia igieł, tęsknoty i lęki wyrażane płaczem, nasza matka za mgłą, słodkawy zapach mleka mamki Hozei. To ożywa, wzrasta, a mierzwą dla tego ziarna życia jest… śmierć. Tak, nie mylę się. By narodził się mężczyzna (mój Boże, słowa te pisze starzec sześćdziesięcioletni), musiał umrzeć chłopiec. Trzymałem go w sobie przy życiu, bo był jedyną nitką łączącą mnie z ukochaną matką. Dbałem o tego dzieciaka wewnętrznego, wyczekiwałem dla niego opieki, wyrażałem gniew i rozpacz – ciągle niegotowy, by zobaczyć kogoś innego poza mną samym. Nawet Ciebie, droga Mario – przyznaję się. Ale oto Los, Engai Narok, Pan Bóg, postawił na mojej drodze chłopca chorego na polio i kazał przeprowadzić go na drugą stronę. Dopiero w obliczu jego mężnej śmierci zdecydowałem się pożegnać z Fryderyczkiem. Wtedy zobaczyłem Mariannę. To było olśnienie, uderzenie jasności tak silnej, że na chwilę przestałem widzieć. Oślepłem, tyle że tym razem z nadmiaru światła. Nie potrafię tego zdarzenia opisać inaczej. Temu wybuchowi nie był potrzebny proces przybliżania się, poznawania, odkrywania. Jemu potrzebna była… śmierć zobaczona z tak bliska, że mogła się wydawać własną.

Mam nadzieję, droga siostro, że rozumiesz, co piszę w tym kolejnym, dziwacznym liście. I że ponad inne emocje wybierasz współodczuwanie ze swoim niezrównoważonym bratem.

Czy pamiętasz ten dzień, kiedy odebrałem Cię motorówką z więzienia Lamu? Siedzieliśmy w kawiarni nieopodal nabrzeża portowego, patrzyliśmy na załadunek statków, piliśmy kawę z kardamonem i żegnaliśmy się z Afryką. Nie wiem, jakim obrazem Ty zamykałaś ten czas, ale dobrze pamiętam swój obraz: taras naszego domu, ojciec w wózku inwalidzkim, obok matka paląca papierosa, na stoliku kompot z lodem, kawa, gazety. Ojciec w białym kapeluszu, białej koszuli i spodniach. Zamyślony. Wtopiony we współmilczenie z matką, jak starożytna mucha w bursztyn. Miłość – to się zawierało w tym obrazie; od brzegu do brzegu, w każdym atomie nicniemówienia. Jakże mu wtedy zazdrościłem tego unieruchomienia, tego... inwalidztwa. Tak, tak, gdybym tylko mógł, oddałbym wtedy całą moją ruchomość za tydzień błogosławionego bezruchu z matką. Zapewne ranią Cię te słowa, tak inna jest Twoja perspektywa. Znam ją, szanuję, współczuję głęboko. Jednak to właśnie miałem przed oczami, wpatrzony w brudne dźwigi portowe, pordzewiałe burty statków i zapracowaną biedotę. Zabrałem ze sobą ten wózek. Rozkręciłem go na części, zapakowałem do skrzyni i dołączyłem do naszego ładunku. To była ta skrzynia, do której nie pozwalałem Ci zaglądać. Kiedy pytałaś, co tam chowam, odpowiadałem: „trupy matki i ojca". Uśmiechałaś się wtedy swoim zbolałym uśmiechem. A ja kłamałem, bo w tym wózku zdeponowana była żywa pamięć miłości.

Kończę. Spoglądam na zegarek. Jest piąta dwadzieścia. Niedługo obudzi się Marianna, a ja chcę być przygotowany na przywitanie jej pierwszymi z dwunastu dzisiejszych słów.

Jak tylko postawię kropkę za ostatnią literą tego listu, pójdę na taras, usiądę w fotelu, zapalę papierosa i wspomnę jeszcze coś z tamtego – naszego czasu. Nie wiem, co to będzie, może coś cudownego, a może pełnego rozpaczy. Cokolwiek przywoła moja pamięć – przyjmę to, bo coraz mniej chętnie wyprawiam się myślą do Afryki.

To wszystko na ten raz. Przytulam Cię, moja wyrozumiała siostro. Twój coraz bardziej dorosły brat, Fryderyk.

Wyszedł na taras, usiadł w fotelu, zapalił papierosa. Kłamał w ostatnich zdaniach listu do Marii. Wiedział, co sobie przypomni.

Tego dnia, 14 kwietnia 1949 roku, pojawił się w porcie Mombasa o świcie, wynajął najtańszą z motorówek i popłynął na nieodległą wyspę Lamu. Tam skierował się do dwupiętrowego kamiennego fortu i zażądał spotkania z kapitanem Vincentem Eshetu. Spotkali się już wcześniej w zaułkach Mombasy. To wtedy ustalili warunki zwolnienia Marii. Eshetu poprosił o równowartość domu i dwudziestu akrów ziemi. Na tyle wycenił wolność tej głupiej białej, która nie umiała się dogadać z matką w sprawie czarnego kochanka.

Odsiedziała już dwanaście z piętnastu lat, rozchorowała się i nie miała szans doczekania końca wyroku. „Ja umieram. Błagam, zabierz mnie stąd" – prosiła na każdym widzeniu. „Wystąpię o ułaskawienie" – obiecywał, a potem szukał sposobu. Wreszcie, dzięki znajomościom kierowcy matki, dotarł do Eshetu.

Kapitan stawiał sprawy jasno. Zżerają ją robaki, nitkowce podskórne. Niszczą też czarnych, ale biali są mniej odporni. Umrze w ciągu kilku miesięcy. Waży już czterdzieści kilo. „Niech ją pan zabiera za cenę domu (może być ten ze zdjęć, które odebraliśmy pana siostrze, meble niech zostaną, baraki dla służby rozebrać) i dwudziestu akrów ziemi (podobno tyle należy do rodziny siostry). Poproszę także o tysiąc pięćset funtów brytyjskich. Akt własności wypisać na nazwisko: kapitan Eshetu Vincent, urodzony 21 sierpnia 1913 roku, zamieszkały w Mombasie, ulica Kirinyaga 14.

Fryderyk sprzedał obrazy, kolekcję broni ojca, trofea myśliwskie i pięćdziesiąt kilo kości słoniowej. Udało mu się za to uzyskać bilety na podróż, sześć złotych sztabek oraz sześć monet z wizerunkiem cara Mikołaja II (od madame Romadanowski, za srebrną zastawę, pianolę i dziesięć drzeworytów niemieckich). Złoto ukrył w wydrążonym podłokietniku wózka ojca, zaś rewolwer Nagant w oparciu fotela.

Kiedy popijali kawę, siedząc na tarasie kawiarni, nie miała pojęcia, że są biedakami. Była pewna, że gubernator ułaskawił ją dzięki zabiegom Fryderyka, że ciągle mają majątek i w Polsce będą bogaczami. Oszukiwał ją, bo tego potrzebowała. Wraz z nią zastanawiał się na głos, czy jeszcze nie zatrzymać tej wyprawy w nieznane. Ale wyprawa była nie do zatrzymania.

Marianna nie obudziła się w porę. Wyszedł z domu, nie przywitawszy jej żadnym z przygotowanych słów, bez pożegnania, bez śniadania i bez gniewu. Widać tak miało być tego dnia.

W szkole miał tylko dwie lekcje. Nie przykładał się tak jak kiedyś. Już nie rysował pięciolinii na tablicy, nie wpisywał w nią melodii, nie pilnował grajków. Od powrotu z aresztu nie potrafił już patrzeć poważnie na swoje nauczycielskie obowiązki. Śmieszyły go. Został w szkole, bo mu pozwolono, bo musiał jakoś zarabiać na życie. Postanowił poszukać sobie innego zajęcia. Takiego, które na nowo obudzi w Mariannie szacunek dla niego. Umiał przecież tyle rzeczy...

Po lekcjach poszedł na przystanek. Same nogi go tam zaniosły. Zanim zrozumiał, co robi, wsiadł do autobusu. Pojechał do Odrzywołu.

Kościelny Mączka zamiatał kościół. Był smutny, ale roz-pogodził się trochę na widok Fryderyka.

– Pan Fryderyk… Jak dobrze zobaczyć w zdrowiu. Wi-dać, że miłość służy. A nasze organy zadziwiają świat. Już z innych parafii przyjeżdżają posłuchać. Organista nie może się nacieszyć.

– To i ja się cieszę, panie Mączka – odpowiedział uprzej-mie. – Mogę wejść na chór i zagrać coś niekościelnego?

– Czy pan może? W sprawie muzyki to pan tu rozdaje łaski…

Fryderyk wdrapał się na chór, rozłożył nuty, nabrał po-wietrza do płuc. Kiedy zagrał, kościelny Mączka od razu rozpoznał, o czym ta muzyka i o kim grają organy. Zobaczył w dźwiękach bladą twarz wnuczka, jego sylwetkę wiszącą nad akordeonem, palce biegające w gorączce. A potem rozpoznał matkę chłopca, jego ojca i siostrę i rzeczeńkę Pankówkę uda-jącą Athi. Wypatrzył też czarownika wraz z zastępem lu-dzi, dojrzał, jak spuszczają łodzie na wodę, jak wiosłują ile sił w ramionach, jak na koniec dopływają i skłaniają głowy przed dobrym Panem Bogiem biedaków.

Upadł na kolana pod figurą Umęczonego.

– Chryste, daj mu miejsce obok ciebie – poprosił. – Nikt ci tak nie zagra na akordeonie, jak mój kochany wnuczek Ka-zimierz.

Nauczyciel nie wrócił na noc do domu. Tęsknił, brakowało mu widoku Marianny, ale i tak został w kościele. Nawet nie zadawał sobie pytania o przyczynę, bo nie chciał znaleźć odpowiedzi. Chciał położyć się w starym miejscu i zasnąć ze wzrokiem utkwionym w malowidło.

Kościelny przyniósł siennik, poduszkę i dwa koce. Postawił koszyk z chlebem, masłem, serem, śmietaną i pomidorami.

– Klucz kładę w konfesjonale. Dobranoc.

– Dziękuję, panie Mączka.

– A bo to jest za co? To ja się księdzu nigdy nie wypłacę.

– Nie jestem księdzem – sprostował Fryderyk.

– Przepraszam, u mnie ciągle ksiądz w słowach, dlatego się mylę… – wytłumaczył zmieszany.

Zaskrzypiały drzwi, zadudniły dębowe odrzwia, szczęknął zamek, echo pobiegło nad posadzką. Fryderyk został sam. Dopiero wtedy zrozumiał, co chce zrobić.

Klęknął przed ołtarzem. Uczynił to delikatniej niż kościelny Mączka; ze strachem i wstydem, które tamtemu nie przyszły na myśl. Modlił się po raz pierwszy w swoim bezbożnym życiu. Miał wiele okazji, by uczynić to wcześniej, ale z żadnej nie skorzystał. Nie widział Boga. Czasem zdawało mu się, że go słyszy, ale który Pan Bóg zakrada się do człowieka przez uszy? Chyba tylko afrykański, a z tym Fryderyk nie musiał się liczyć. Miał białą matkę i białego ojca.

– Panie Boże, Chryste miłosierny, Matko Zbawiciela, módlcie się za mnie. Sprawcie, by iskra, która zatliła się na dnie duszy, nie zgasła. Jeszcze słabo was widzę i nie jestem pewien, czy to, co odkrywam, jest wami. Być może się mylę i przeżywam jedynie tęsknotę do człowieka. Do Marianny. Nie wiem. Nie chcę się pomylić. Czymkolwiek jest to, co teraz odczuwam, dzielę się tym i proszę o wsparcie. W imię Ojca i Syna, i Ducha Świętego, amen.

Położył się w zaułku przy organach. Mruknęły delikatnie, jakby chciały pochwalić taką bliskość. Spojrzał w sufit. Stwórca i stworzenie wisieli na niebie. Człowiek wyciągał rękę w kierunku Pana, ale życie nie chciało nadejść. Między palcami ziała przepaść.

– Co mam zrobić? – wyszeptał Fryderyk. – Powiedz mi, co mam jeszcze zrobić?

Zasnął, nie doczekawszy się odpowiedzi.

Zobaczył ją z daleka. Wieszała pranie na tarasie. Wracał do domu.

– Wracam do domu – wypowiedział zaklęcie.

Spojrzała. Uśmiechnęła się, chociaż nie mógł tego widzieć. Kiedy doszedł, przywitała go jednym słowem:

– Czekałam.

Nie odpowiedział. Usiadł na schodkach, wystawił twarz do słońca.

– Nie wyzna mi pan miłości? – zaniepokoiła się.

– Właśnie wyznaję.

– Lekcja dzisiaj – przypomniała.

– Pamiętam.

Po śniadaniu wdrapał się na strych. Nie był tu od lat, nie pamiętał, gdzie postawił skrzynię z wózkiem. Poszukiwania zajęły mu prawie godzinę, ale znalazł ją na koniec. Stała pod szczytową ścianą, przykryta szmatami i stertą gazet. Wyglądała jak trumna. Przetarł wieko rękawem, afrykańskie drewno zalśniło czerwienią. Otworzył. Jego oczom ukazał się rozłożony na części wózek ojca. Był zakurzony, przerośnięty pajęczynami, podziurawiony przez kołatki, ale ciągle namagnetyzowany pięknem; oparcie i siedzisko z giętego palisandru wypełnione ratanową plecionką, podłokietniki obłożone czerwoną skórą, podnóżek, dwa duże szprychowe koła, małe kółko z błotnikiem, drewniane resory, stalowa linka z hamulcem, pudełko ze śrubami, podkładkami i nakrętkami.

Składał wózek, pogwizdując z radości. Odkurzył drewniane elementy, przetarł szmatką, nasmarował pastą do podłogi, potem wypolerował starannie. Rozgrzany palisander zapachniał Afryką. Koła, piasty i łożyska wypłukał w ropie i nasmarował towotem. Wszystko to robił bez rękawiczek, nie dbając o dłonie, bo już nie chciał być pianistą. Chciał być kimkolwiek, kto prawdziwie żyje. Nastrzyknął drewno terpentyną. Nie wymagało wielu iniekcji, bo palisander najwyraźniej nie przypadł kołatkom do gustu. Był zbyt twardy i pachniał cudzym krajem.

Złożył wózek bez trudu. Wszystko pasowało do wszystkiego. Nawet drewniane resory zasprężynowały jak nowe. Skręcił drewno śrubami, napiął zwiotczały ratan, przykręcił koła. Usiadł, potem wstał i odszedł kilka kroków. Spojrzał na wózek z daleka.

W tej samej chwili z domu wyszła Marianna. Widok nauczyciela patrzącego na wózek ojca wzruszył ją. Miał kogo wspominać, pamiętał, podpierał pamięć fotografiami. Zazdrościła mu tych świętych skarbów.

– Piękny – odezwała się z daleka.

To było jej dziewiąte słowo skierowane tego dnia do Fryderyka. Zostały jej jeszcze trzy i... użyła ich zaraz.

– Obiad na stole – ogłosiła.

Irena z Andrzejkiem nadeszli od lasu jak cienie – bezszelestnie i bezosobowo. Wyglądali tak, jakby drzewa odebrały im ludzką substancję, żeby nakarmić siebie.

– Pięknie dziś wyglądasz – odezwała się Irena do Marianny, przekraczając próg domu.

– Dziękuję – odpowiedziała gospodyni.

Od razu zaczęła się lekcja, ale ten początek był inny niż zwykle. Nauczyciel rozłożył nuty, posadził sobie chłopca na kolanach, wziął jego dłonie w swoje wielkie łapy i ułożył na klawiaturze. Grali razem, trafiali w dźwięki, tak jak się udało, a kiedy minęli jakiś i w powietrze wdarł się fałsz – wybuchali śmiechem. Rudzińska nie mogła uwierzyć. Ten nowy nastrój przestraszył ją śmiertelnie. Bała się, że na jego końcu nie będzie przyjemności, że Fryderyk odprawi ją do domu bez przyjęcia zapłaty. Ale nie odprawił. Odesłał Andrzejka na taras, podał kobiecie serwetkę w kwiatki. Rozłożyła ją starannie na siedzisku krzesła. Za chwilę sprężyny skrzypnęły jak zawsze.

Andrzejek dołączył do Marianny. Stanął pod ścianą po swojej stronie drzwi i od razu sięgnął po landrynkę.

– Grałem dzisiaj. Ja… grałem – odezwał się oszołomiony.

– Słyszałam. Pięknie grałeś – pochwaliła go Marianna.

Kiwnął głową. Był rozpalony gorączką. To nowe, które odkrył przed chwilą, dziwnie połączyło się z jego uczuciem do Marianny. Kochał ją od pierwszego spotkania. Teraz mógł już to wyznać.

– Kocham cię. Jesteś lepsza od mojej matki.

Podeszła, położyła chłopcu palec na ustach.

– Ja też cię kocham – wyszeptała.

Pochyliła się do jego ust, wsunęła dłoń za kark i przyciągnęła malca do siebie. Pocałowała jak kobieta – nie jak matka; namiętnie, głęboko, z językiem i śliną. Prawie zemdlał z rozkoszy. Kiedy znów złapał oddech, odezwał się cichutko jak myszka:

– Zapamiętam tę chwilę do końca życia.

Wracali szczęśliwi jak nigdy dotąd. Andrzejek pogwizdywał pod nosem. Wyprzedzał matkę o kilka dobrych kroków. Szedł sam, bo tak wypadało zakochanemu mężczyźnie. Schylał się po szyszki, celował nimi w pnie świerków, kopał kamienie. Wypełniała go radość tak wielka, że aż chciało mu się krzyczeć.

Rudzińska spoglądała w górę. Podobały jej się wierzchołki drzew uderzające w niebo, bo przypominały jej przyrodzenie kochanka. Miała go teraz tylko dla siebie, ale i tak czuła niedosyt. Jak zwykle czegoś jej brakowało.

– Cisza… słyszysz? – odezwała się do synka. – Jesteśmy sami w lesie.

Nie miała racji. Nie byli sami. W lesie był ktoś jeszcze i ten ktoś przybliżał się ukryty za zasłoną krzaków. Poruszał się szybko i z determinacją. Jak zwierzę.

Trzasnęły gałęzie, Rudzińska zatrzymała się, by usłyszeć lepiej. Wtedy zza drzew wybiegła Marianna. Była zdyszana. W oczach miała zapisany komunikat o śmierci. Podbiegła do zdziwionej Ireny, objęła ją za szyję, odwróciła tyłem do siebie i... przystawiła rewolwer do skroni. Huknął strzał, z głowy nieszczęsnej trysnął pióropusz krwi pomieszanej z mózgiem. Upadła, nim zrozumiała, w czym uczestniczy. Andrzejek odwrócił się. On miał czas na myślenie, ale niczego nie wymyślił. Zobaczył okrwawioną matkę leżącą na drodze i Mariannę mierzącą do niego z rewolweru. Nie potrafił tego obrazu z niczym połączyć, a już najmniej z niedawnym pocałunkiem. Zanim nacisnęła spust, posikał się ze strachu. Strzeliła dwa razy, trafiła w tułów i głowę. To nie był przypadek. Miała plan. Starannie wytarła rewolwer batystową chusteczką, włożyła w dłoń Ireny, wycofała się, zacierając ślady sosnową gałązką.

Przepadła w zieloności jak zjawa nie z tego świata.

Pogrzeb był wielki i pyszny. Jakby chowano dostojnika, a nie powiatową kurwę. Przyszły szkoły z całej okolicy, koledzy i koleżanki Andrzejka, delegacje branż powiatowych; mleczarze, spółdzielcy, gorzelnicy, członkowie partii i bezpartyjni. Grała orkiestra strażacka, łopotały sztandary i chorągwie. Trębacz zaintonował nawet hymn państwowy, ale mu w porę przerwano. Tak, to był pogrzeb powołujący do życia, a nie do śmierci. Nie było w nim odrobiny ciszy i to najbardziej wkurzało Fryderyka.

Stali z Marianną na uboczu, za tłumem, tak samo pogrążeni w smutku i zdezorientowani jak reszta ponurego towarzystwa. Nikt nie wiedział, co właściwie się stało. Oszalała z miłości. Podkradła rewolwer nauczyciela muzyki, zastrzeliła syna i siebie. Nie chciała dalej tak żyć. Powrót do równowagi po wypadku był tylko pozorem. Udawała. Załamała się, odeszła od zmysłów. Zwariowała. Koncepcji było tyle, ile ludzkich namysłów. Milicja niczego jeszcze nie ustaliła.

Sekretarz Rudziński był omdlały z rozpaczy. Sprawiał wrażenie, jakby nie wiedział, co się z nim dzieje. Dwóch partyjnych przyjaciół trzymało go pod ręce. Na wszelki wypadek.

Fryderyk czuł się nieswojo. Patrzył pod nogi, a kiedy na chwilę podnosił głowę, w oczach widać było strach. Nie umiał uwolnić się od myśli, że w trumnie leży kobieta wypełniona jego nasieniem. Ten obraz był tak natrętny, że w żaden sposób nie dawał się zastąpić innym. Za to Marianna rozpaczała jak należy; była opuchła od płaczu, wstrząsały nią spazm i jękliwa żałość.

Przez resztę dnia nie odzywali się do siebie, bo żadne nie wiedziało, co powiedzieć. Pliszka wczuła się w ten żałobny nastrój, poszła mieszkać do budy. Spadł deszcz, powietrze wyczyściło się w kilka chwil. Marianna ugotowała parówki. Usiedli przy stole jak rodzina. Nie zjedli ani kęsa. Milczenie narastało. Wreszcie zgęstniało do tego stopnia, że ktoś musiał się odezwać. Obowiązek wziął na siebie Fryderyk.

– Nie wiem, co powiedzieć.

– Nie wiem, co powiedzieć – powtórzyła za nim.

Fryderyk zasnął jak kamień przyciśnięty zdarzeniami z ostatnich dni. W nocy przyśniło mu się więzienie w forcie Lamu. Ludzkie szkielety w łachmanach, szczury, strumień uryny płynący rynsztokiem. Obudził się spocony jak mysz. Usiadł na łóżku i tak doczekał świtu.

Do szkoły dotarł przed czasem. Powiesił marynarkę na krześle, podszedł do tablicy, narysował pięciolinię i wpisał w nią melodię – kilka taktów z lamentu poświęconego Kaziowi Mączce. Postanowił być dobry dla uczniów i chociaż tym sposobem zmazać część winy związanej z Andrzejkiem. Tak, czuł się winny. Ulokował współczucie tylko w jednym miejscu, zaadresował je tylko do jednego dziecka. Coś się przy okazji dostało Miluśce, okruchy, kromki dobroci z marmoladą, ale to były żałosne resztki. Nikt inny niczego nie dostał. Żadnego słowa ponad niezbędne minimum, którym witał się, żegnał i wyrażał potrzeby. Jakby poza nim nie było nikogo na świecie.

— Jakbym był sam na świecie... — odezwał się zdziwiony.

Zaczęła się lekcja. Nauczyciel wezwał do tablicy rudego mikrusa, wcisnął w garść skrzypki, wskazał kijkiem na muzykę. Muzykant pociągnął smykiem po strunach — zadzierzyście, jakby chciał pokazać, że się wcale nie boi. Ale bał się przeraźliwie. Całą jego patykowatością wstrząsał strach, aż drżenie objęło smyk i instrument. Fryderyk nie był w stanie tego zobaczyć. On miał swoje własne męki. Podobnie jak u grajka, dawały o sobie znać roztrzęsionymi dłońmi i potem kroplącym się na czole. Tym razem nie chodziło jednak o malarię. Nauczyciel czekał na coś innego. Na coś, co musiało nieuchronnie nastąpić. Tak wynikało z wyliczeń, z pierdolonej ludzkiej arytmetyki. Każdy nadmiar w jednym miejscu musiał wytworzyć deficyt w innym. Nie mogło być inaczej. W mroku posianym wokół sekretarza, w pustce, z której zabrano światło, musiała wyrosnąć rozpacz. A wraz z nią nienawiść.

Na korytarzu rozległy się kroki. Fryderyk podniósł głowę. Wiedział, kto zaraz otworzy drzwi.

Sekretarz Rudziński był blady ze zdenerwowania. I ze strachu. Przewaga racji nie uczyniła go odważnym. Podszedł do Fryderyka na sztywnych nogach, wyrwał mu wskaźnik, złamał na kolanie, wymierzył siarczysty policzek, po nim drugi i trzeci. Musiał to zrobić, wiedział o tym (Takie są oczekiwania społeczne – myślał przed podjęciem decyzji), więc zrobił jak potrafił – otwartą dłonią, po babsku. Grajek pod tablicą nie wytrzymał napięcia. Popuścił w spodnie, zabarwił nogawkę na żółto (miał białe, krótkie porcięta na szelkach), rozlał wokół siebie kałużę wielką jak jezioro. Zapadła cisza, szkolny dzień zatrzymał się jak film w kinie. Słychać było tylko dziecięce oddechy, wróble na parapecie i psi jazgot za oknem. Sekretarz chrząknął, żeby przerwać ciszę.

– Ty… chuju – odezwał się do Fryderyka. – Ty… imperialistyczny, zdegenerowany chuju. Znajdzie się bat na twoje plecy, poczekaj.

To powiedziawszy, odwrócił się, chciał ruszyć do wyjścia, ale uznał, że nie wszystko zrobione. Wyrwał rudzielcowi skrzypce, uderzył nimi w pierwszą z brzegu ławkę, roztrzaskał instrument na kawałki. Dopiero po tym wyszedł.

Fryderyk nie wiedział, co zrobić z upokorzeniem. Paliło go od środka i po wierzchu, na obitej przez Rudzińskiego twarzy. Dwie osoby poważyły się na taki czyn – Marianna i ten zasrany lokalny kacyk. Ale nie myślał o rewanżu. Miał ważniejsze sprawy.

Po lekcjach pojechał do miasta, do ogrodu ze zwierzętami. Zebra biegała po wybiegu. Rozpoznała go, podeszła, zarżała radośnie. Wyprawa nad rzekę Athi została jej w pamięci. Fryderyk nie oczekiwał niczego więcej. Pogłaskał po grzbiecie zwierzę tak silnie związane z jego tęsknotą, jednak tym razem nie zatęsknił. To był dobry znak.

– Teraz żyję. Dzisiaj, nie wczoraj – wyszeptał prosto w nozdrza zebry, ale nie zrozumiała.

Poszedł do lwów. Były stare i ledwo powłóczyły nogami. Samiec miał wyliniałą grzywę. Wyglądał żałośnie; nic z dostojeństwa bestii z Tsavo. Zresztą tamte były jaśniejsze, kawowo-mleczne, bezgrzywe. Bardzo piękne. Ich córka, Polonia, odziedziczyła urodę po rodzicach. Tak opowiadał ojciec, który głęboko zajrzał im w oczy. Powinien zastrzelić małą lwiczkę, ale się ulitował. „Nie potrafiłem nacisnąć spustu – tłumaczył. – To nieludzkie, nieludzkie…" – powtarzał tak długo, aż uwierzył. Nie usłyszała tych słów, chociaż wypowiedział je przy klatce. Rozszarpała go na strzępy.

Fryderyk dobrze zapamiętał tamten dzień. Razem z Simonem zbierali szczątki ojca po placu, upychali w rozdartym brzuchu, zasypywali wapnem. Na koniec owinęli korpus lekarskim fartuchem, omotali sznurkiem, naciągnęli koszulę, kalesony i spodnie. Pod wieczór Simon przyznał się do winy. „To ja wypuściłem Polonię – oświadczył. – Nie wiem, dlaczego to zrobiłem". Fryderykowi było wszystko jedno, jaki powód miał Simon. Obił Masajowi mordę, skopał go do nieprzytomności i wyrzucił z domu. Nie powiedział matce ani Marii. Nie znalazł powodu.

Teraz patrzył z pogardą na drapieżniki z ogrodu. Śmierdziały zwierzęcym potem i łajnem. Nie było w nich niczego uwodzicielskiego, żadnej potęgi ani majestatu. Tak wyglądała podległość. I starość.

Długo chodził potem po mieście, przyglądał się ludziom, przystawał, dziwił się tej potrzebie. Wreszcie usiadł na ławce w parku i rozpłakał się jak mały chłopiec. Nie mógł pogodzić się ze śmiercią Andrzejka, tak samo jak nie potrafił rozstać się z małym Fryderykiem. Jego bolesny cień trwał w brzuchu, napierał od spodu. Nie chciał odejść z miejsca, w którym… nie było miejsca. Tego był pewien, oglądał to przecież z bliska, upychając wnętrzności w brzuchu ojca.

– Dlaczego ciągle wyglądasz przez moje oczy? – zapytał

malca z Afryki. – Mam sześćdziesiąt lat i muszę wreszcie zacząć żyć…

Do domu wrócił pod wieczór. Pliszka wybiegła mu na spotkanie, ale wyczuła woń obcych zwierząt, podkuliła ogon, schowała się do budy.

Czekała na niego na tarasie. Siedziała w wiklinowym fotelu ubrana w myśliwski strój jego matki, paliła papierosa, spoglądała przed siebie. Wydawała się spokojna i pogodzona ze światem. Kiedy zauważyła Fryderyka, wyraz jej twarzy nie zmienił się ani na jotę.

– Czekałam na ciebie – odezwała się.

Usiadł obok niej zdziwiony.

– Nie powiedziałaś: „na pana", tylko „na ciebie".

– Powiedziałam.

– Coś się zmieniło?

– Wszystko. W zasadzie… wszystko. Muszę na nowo ułożyć myśli.

Kłamała. Nie musiała na nowo układać myśli. Z jej punktu widzenia nie zmieniło się wiele. Zabijając kobietę i dziecko, zrobiła przy Fryderyku miejsce dla… kobiety i dziecka. Taki był plan.

– Taka jest miłość – odezwała się po raz drugi. – Ona po prostu… bardzo cię kochała. Zresztą… wcale się nie dziwię. Sam wiesz, ile jest w tobie magnetyzmu, pogańskiej siły. Kobiety to czują, oddają się temu, wariują… Raczej zdziwiłby mnie brak miłości do ciebie. Trudno mi to sobie wyobrazić. A pistolet…

Słuchał zdziwiony liczbą słów, ale zareagował na błąd kobiety.

– Rewolwer. To jest rewolwer… nie pistolet. Belgijski nagant. Ojciec dostał go od brytyjskiej kompanii kolejowej. To z niego Marysia zastrzeliła naszą matkę.

– To takie ważne?

– Ważne. Podobnie jak dwanaście słów. Przyzwyczajam się. Odkąd przyszedłem, wypowiedziałaś ich aż sześćdziesiąt. Jestem już stary, z trudem znoszę takie zmiany…

– No dobrze… – przerwała mu. – Rewolwer, jeżeli to takie ważne. Więc ten rewolwer został w moim pokoju. Zapomniałeś go. Irena widać go znalazła i podkradła. Nie wiem kiedy.

– Nie strzela się do dziecka. Nie ma takiej miłości.

– Jak widać… jest.

Nie przekonała go. Pokręcił głową.

– Nie strzela się do dziecka – powtórzył.

– No dobrze, nie strzela się, jeżeli łatwiej ci z tym żyć.

– Łatwiej.

Pękło mu serce. Zdawało mu się, że to nawet usłyszał. Położył głowę na jej kolanach.

– Deszcz był w nocy. Dach przecieka. Naprawisz? – upomniała się o codzienność.

Kiwnął głową na znak, że przyjął zamówienie.

Tej nocy przyszła do niego. Porzuciła kurewskie desusy i całe to świńskie wyrafinowanie. Karminowa halka, majtki z koronką, pończochy, pas i dostrojone do nich podniecenie – wypełniły swoją rolę. Wniosły w jej życie nowe doznania, rynsztokową przyjemność. Nie, nie żałowała ani chwili. Dowiedziała się o sobie więcej, niż mogła przypuszczać. To było potrzebne.

Zobaczył ją w koszuli nocnej założonej na gołe ciało. Otworzyła drzwi i… po prostu weszła. To wejście było tylko wejściem, niczym innym. Zawierało się w nim naciśnięcie klamki, przekroczenie bosymi stopami progu, podejście. Żadnych fałszywych komunikatów, żadnych podskórnych intencji. Prostota i czystość. Chciała mu się oddać, tak jak powinna żona mężowi – połączona z nim świętym sakramentem małżeństwa. Dlaczego teraz? Nie wiedziała.

Przyjął ją. Zapalił świecę w świeczniku; złoto oprószyło ramiona i szyję. Drobniutko spleciona skóra zalśniła jak alabaster, a kropki piegów zamigotały w niej jak winkrustowane drobiny złota. Była podniecona, jednak to uczucie nie zawierało w sobie oczekiwania na rozkosz. Liczyła raczej na to, że przeżyje coś duchowego, równie silnego, jak poranne poruszenia w kaplicy klasztornej. Tęskniła za nimi. Wierzyła, że Fryderyk da jej coś podobnie głębokiego. Nie, nie liczyła na nawrócenie. Pogodziła się już z myślą, że odurzona zapachem krwi nie zatrzyma się w drodze do piekła. Nic jej już nie zdejmie z rozgrzanej do czerwoności drogi w lesie. Nie ma takiej miłości – pomyślała. Nawet ty, choć tak podobny do Niego – jesteś zbyt słaby.

Ściągnął z niej koszulę. Skóra zakwitła gęsią skórką, zaszkliły się kropelki potu.

– Kocham cię… panie – wyszeptała.

To wyznanie ścisnęło mu gardło. Nie zrozumiał, że nie jego dotyczy. Zsunął się do jej stóp, a potem – centymetr po centymetrze – wspinał się, poznając smak jej ciała; łydek, kolan, wewnętrznej strony ud, łona, brzucha twardego od podniecenia, piersi, sutek zabarwionych brązem afrykańskim. Rozpłakał się ze wzruszenia i za chwilę nie wiedział już, czyja sól pali mu usta.

– Kocham cię… pani – odpowiedział.

To było jak modlitwa. I było nią.

Rozsunęła nogi, opadł między nie i delikatnie podsunął się do góry. Znalazł drogę w głąb. Była gorąca i mokra. Uderzył tak mocno, aż zabolała kość łonowa. Ciała połączyły się. Oplotła go nogami i ramionami. Przyciągnęła. Jedno i drugie było już omdlałe z rozkoszy. Wystarczyło kilka ruchów. Skończyli razem, nie ukrywając radości i szczęścia. Krzyk usłyszała zatopiona w ciszy okolica, ale nie poruszyła się. Trwała noc.

Dostali jeden dzień życia. Między tamtym, które było, a tym, które miało przyjść.

Marianna wstała o szóstej rano i zaraz pobiegła do służbówki, żeby się pomodlić. Otworzyła walizkę, odwinęła ukrzyżowanego ze szmat, postawiła na desce ołtarzyka. Wiedziała, że czeka ją piekło. Modlitwy nic nie mogły zmienić. Były dla tego życia, nie dla przyszłego. Tak samo jak jedzenie, picie, miłość fizyczna czy wydalanie produktów przemiany materii. Grzech, który popełniła, był najcięższym z grzechów. Takich Pan Bóg nie wybacza. Tylko że ona od dawna w Niego nie wierzyła. Stwarzała pozory, bo musiała jakoś przetrwać. Za to wierzyła w jego syna.

On – był. Dokładnie zapamiętała chwilę, w której pokazał się jej po raz pierwszy. To było w dniu pożaru. Najpierw do chaty wpadły kamienie, zaraz po nich płonące żagwie. Ojciec zdjął deski zakrywające piwnicę i bez namysłu wrzucił ją w otchłań. Nad Domaszką zamknęło się sklepienie, zapadła ciemność, na szczęście przez rurki wentylacyjne przeprószyły się iskierki światła i pomogły odnaleźć drogę do beczki. Wyjęła kamienie przyciskające pokrywę, wybrała trochę kapusty, przyciągnęła worek z głowami lodu umieszczonymi w trocinach, wrzuciła lód do beczki, a potem przystawiła skrzynkę. Wskoczyła do beczki.

Ogień strawił dom i przepalił podłogę. Załamane legary wpadły do środka. Żar stopił wiadra, miednice, garnki, rozgrzał do czerwoności żelazne narzędzia. Lód szybko przemienił się w wodę, ta wniknęła w kapustę i Domachę. Na początku zupa była chłodna, potem letnia, ciepła i – na koniec – gorąca. Wtedy do piwnicy wskoczył On. Miał czarne włosy spływające do ramion, oczy kształtne jak migdały, długie rzęsy, ciemną twarz, brodę i wąsy. Widywała go wcześniej na świętych obrazkach. Nie mogła się mylić – to był Jezus Chrystus. Rozejrzał się, dostrzegł ruch w beczce, podszedł, ujął ją pod ramiona i podniósł do góry. Śmierdziała, więc skrzywił się z obrzydzeniem.

– Chto ty? – zapytał.

– Ja Domacha Bowtromiuk, a ty?

– Ja Izus Chrystus.

Chodziła za nim krok w krok, spała obok niego, nalewała wódki do szklanki. Ledwo to znosił.

– Ne zaważaj meny – prosił. – Uże smijatsa nadi mnoju.

Ale nie słuchała. Był jej zbawicielem, uratował od śmierci, a teraz nadawał sens życiu.

– Ti mij batko ta mati. Ja lubliu tiebie bilsze niż żitje – odpowiadała.

Nie zmieniła zdania nawet wtedy, kiedy zobaczyła, jak obcina głowy Polakom i nabija na widły ich dzieci. Widocznie nie zasłużyły na życie tak jak ona.

– Cy banditi… – tłumaczyła sobie.

Wreszcie namówił dowódcę, by ją zostawili w klasztorze. Płakała prawie przez miesiąc. Na szczęście siostry dały jej dużo świętych obrazków. Mogła się zająć poszukiwaniem ukochanego i wkrótce go znalazła. Od tej pory modliła się tylko do niego.

Po modlitwie umyła się, ubrała, zrobiła śniadanie. Natarła kartofli, dodała jajko, odrobinę mąki, soli i posiekanej natki pietruszki. Usmażyła placki na ciemnym oleju podarowanym nauczycielowi przez któregoś z uczniów. Zapach rozszedł się po całym mieszkaniu.

– Placki ziemniaczane na śniadanie? – zapytał, wchodząc do kuchni.

– Tak. A jutro od śniadania… dwanaście słów.

– A ile dzisiaj?

– Dzisiaj tak dużo, jak się da – wybuchnęła śmiechem.

Nie rozmawiali ze sobą prawie do wieczora. Nie chciało im się. Fryderyk naprawił drabinę, znalazł rolkę papy, wiadro ze stężałym lepikiem, gwoździe z kapturkami, młotek. Rozpalił na podwórku ogień, postawił wiadro na cegłach, wykroił z papy zgrabną łatę, wspiął się na dach, odnalazł dziurę, nabił na nią łatę, zasmarował brzegi lepikiem. Pracował bez rękawiczek. Podobało mu się niszczenie dłoni. Dawno nie doświadczył tak zmysłowego kontaktu ze światem; dotykał przedmiotów i nazywał je na głos: „drabina", „gwóźdź", „młotek", „kawałek papy", „kawałek drewna". Stwarzał je słowami, czuł, jak dzięki nim nabierają ciężaru i mocy. To była nowa przyjemność – czysta, prosta i bezinteresowna. Używał też słowa „Pliszka". Za każdym razem, kiedy je wypowiadał, suka przybiegała, merdając kikutem. Nie rozumiała tej zabawy, była skołowana, wracała do budy, znów przybiegała.

– Głupia jesteś… Głupia Pliszka – tłumaczył. – A wiesz dlaczego? Bo nie znasz się na ludziach.

Wyczesał głupiej skołtunioną sierść, obciął pazury. Nie mógł uwierzyć, że to robi.

Przyszedł zachód słońca, po nim wieczór.

Fryderyk wyciągnął z sieni wózek inwalidzki ojca. Długo namyślał się, jak go ustawić na tarasie, w którą stronę skręcić, jak powiązać skos oparcia ze skosem barierek.

– W prawo. Bardziej w… prawo i trochę bliżej barierki – skorygowała go Marianna, wychodząc na taras. W ręku trzymała jedno ze zdjęć afrykańskich, spoglądała raz na nie, raz na wózek.

– Twój ojciec ma twarz w słońcu. Powinien siedzieć prawie przy samej krawędzi. A ja… a matka – poprawiła się – siedzi prawie równolegle do ściany domu, lewym bokiem. Kapelusz rzuca cień na twarz i z jednej strony prawie nic nie widać.

Fryderyk podszedł do Marianny. Pomógł jej dopiąć koszulę, ułożył kieszenie na piersi, zawiązał chustkę. Spojrzał na rezultat z dystansu.

– Mocniej zapinała pasek, wyglądała jak osa. Jest ślad od klamry.

Odpiął pasek, dociągnął, zapiął. Teraz był zadowolony.

– Słyszysz cykady? – zapytał.

– Słyszę – skłamała.

Przyciągnęła wiklinowy fotel do barierki, położyła na niej paczkę papierosów i zapalniczkę, usiadła.

– Jestem najbliżej mężczyzny w całym moim życiu – skłamała po raz drugi.

– Jutro kupię taśmę do aparatu fotograficznego i zrobimy sobie zdjęcie. Założymy własny album. Będziemy robić fotografie samowyzwalaczem, za każdym razem we dwoje, latem, jesienią, zimą, wiosną, na dworze, w środku. Aż do naszej śmierci.

– Jedno umrze wcześniej, co wtedy ma zrobić drugie? Sfotografować trupa? – zapytała zaskakująco trzeźwo.

Nie odpowiedział od razu. W jego projekcie śmierć była drugorzędna, nie brał jej pod uwagę. Zamyślił się bliski paniki, a kiedy znalazł odpowiedź, aż podskoczył na wózku.

– Wtedy drugie ustawi aparat, przyczepi obok kartkę z prośbą o naciśnięcie migawki, połknie truciznę, usiądzie na wózku lub w fotelu… Dobre rozwiązanie?

– Dobre – pochwaliła. – Romeo i Julia.

Zapaliła papierosa, podała mu, zaciągnął się głęboko.

– Choruję na Afrykę – odezwał się po chwili. – Od dawna nie powinienem mieć malarii, a mam. Wywołuję ją. To bardziej choroba psychiczna niż… somatyczna.

– Somatyczna? Nie znam tego słowa – przyznała się ze wstydem. – Nie jestem wykształcona.

– Organiczna, z ciała… nie z duszy. A moja malaria jest

z duszy. Jestem tego pewien. Tak bardzo tęsknię za Afryką, że chcę być tam w każdy możliwy sposób.

– Dzisiaj mówimy, ile chcemy. Dyspensa. Można opowiedzieć swoje życie. Chcesz mi opowiedzieć?

Nie był pewien. Dotąd nie opowiadał o sobie nikomu poza Agnieszką. Ale ona zlekceważyła wszystkie słowa.

– Chcę – zdecydował.

Nastrajał się przez chwilę. Nie wiedział, od czego zacząć. Jego życie... Co w nim było poza Afryką? Prawie nic; trochę grania, trochę pijackiej zabawy, jedna miłość zatruta. Tam poczęły się i dokonały wszystkie ważne sprawy. W Afryce. Tu jedynie zbierał tęsknotę wysianą stamtąd.

– Pominę Afrykę, o niej już mówiłem. Przyjechałem tu pełen nadziei. Ówczesna Polska wzywała nas ze wszystkich stron świata, obiecując wielkie możliwości. Uwierzyłem, że będę grał z najlepszymi orkiestrami, że poświęcę się muzyce, utopię w niej i... zapomnę. Uciekliśmy jak szczury. Tak, uciekliśmy – ja i Maria. Ona umierała w Lamu. To było ciężkie, wyniszczające więzienie. Pamiętasz, zabiła matkę. Wyrok – piętnaście lat. Zapłaciłem za jej wolność prawie całym majątkiem rodziców, kupiłem trochę złota na start w Polsce i... przypłynęliśmy tu któregoś dnia. Szybko się zorientowałem, że to, cośmy czytali i słyszeli, było czystą propagandą. Nie czekało tu na nas nic poza pogardą i podejrzeniami.

Kilka miesięcy spędziłem w więzieniu. Przesłuchiwali mnie w dzień i w nocy. Jak przestępcę. Na szczęście rodzina matki zajęła się Marią, umieściła ją w szpitalu... To jedyne, co się naprawdę udało.

Zamilkł. Miał plastyczną wyobraźnię. Przywołane obrazy ożyły i na nowo zraniły mu duszę. Marianna podniosła jego dłoń do policzka. Przytuliła. Chrząknął, udając, że nic się nie stało. Zapalił drugiego papierosa.

– Zacząłem grać po kawiarniach. Za parę groszy. Dziwne towarzystwo. Piękne i... spustoszone przez wojnę. Mieli dziury w sercach, zaszywali je wódką, zabawą i śmiechem. Tak krzyczała przez nich pustka. Któregoś dnia poznałem Agnieszkę. Była studentką, trochę śpiewała i tańczyła. Dorabiała sobie w kawiarniach. Zaczęliśmy występować razem, zostaliśmy kochankami, zapadliśmy w miłość tak czarną i wciągającą jak kosmiczna dziura. Nic tam nie było normalne, prawie wszystko – ostateczne, przesadzone, na krawędzi spazmów, krzyku i zatracenia; seks, kłótnie, wyznania, wspólne rozpacze i radości. Agnieszka... Okaleczona przez wojnę, jak ja przez Afrykę. Czarnowłosa, delikatna, trochę podobna do ciebie. Nigdy nie poznałem jej nazwiska. Kazała się nazywać Agnes Sonita, utrzymywała, że ojciec był Cyganem i zginął w Auschwitz-Birkenau. O czymś chciała zapomnieć. Nie wiem o czym. Ciągnęła nas w przepaść, nie chciała się zatrzymać. Tylko czasem zapalało się w niej takie... piękne, delikatne światło. To były drobne chwile, ale dawały niewyobrażalne szczęście. Wtedy znów zaczynałem w nas wierzyć...

Przerwał, sięgnął po chusteczkę, przetarł zwilgotniałe oczy.

– Maria jej nienawidziła. „Ona cię zabija, nie widzisz tego? Ta kobieta zabiera ci resztkę światła. Umrzesz" – powtarzała przy każdym spotkaniu. Miała rację. Umierałem z miłości do ćmy, która chciała mnie spalić przy okazji swojej podróży do ognia. Dla towarzystwa. Uciekłem w ostatniej chwili. Zostawiłem pod poduszką połowę mojego śmiesznego skarbu, dwie złote blaszki i dwie monety, i... przyjechałem tutaj, w ślad za ogłoszeniem w gazecie. Szukali nauczyciela muzyki, a ja potrafiłem nim być. To właściwie... wszystko.

Zapalił trzeciego papierosa, zaciągnął się, kaszlnął.

– A ty? Tak mało o tobie wiem.

– Ja? No dobrze, opowiem o sobie. Nie lubię, ale... opowiem. Tylko pamiętasz?...

– Pamiętam, pamiętam. Od jutra dwanaście słów.

– Albo mniej.

– Albo mniej.

– Więc... ja – zaczęła. – Naprawdę nazywam się Nadia Zołotowa i jestem półkrwi Rosjanką. Ojciec był sowieckim oficerem. Komisarzem. Pochodził z dobrej rodziny, wstąpił do Konstantynowskiego Korpusu Kadetów, uczył się razem z dziećmi arystokratów, a kiedy w Rosji wybuchła rewolucja, stanął po stronie bolszewików. Matka była Polką, córką zesłańców. I ona dała się zatruć rewolucji. Walczyła, utrwalała władzę sowiecką, awansowała na kolejne stopnie oficerskie. Kiedy poznała ojca, on był pułkownikiem, a ona... majorem. Pokochali się, pili razem wódkę, jedli kaszę jaglaną ze skwarkami, spali w ziemiankach. Żyli pełnią życia. Potem kraj się trochę uspokoił, ojciec trafił na Ukrainę, matka pojechała za nim. Urodziłam się na rok przed wybuchem wojny. Nie wiem dokładnie kiedy. Pamiętam trochę rosyjskich i trochę ukraińskich słów. Nauczyła mnie ich Bariełkina, moja niańka. Wybuchła wojna, ojca wysłali za Bug i tam zginął w niewyjaśnionych okolicznościach. Podobno strzelił sobie w łeb. Matka oszalała. Rozpiła się i wkrótce zabrali ją do szpitala dla wariatów. Tyle wiem. Spotkałam kiedyś lekarza z tego szpitala, starego profesora. Pamiętał zakochaną wariatkę. Oddawała się pielęgniarzom za wódkę, śpiewała frontowe piosenki, nie chciała jeść niczego innego poza kaszą ze skwarkami. Powiesiła się na prześcieradle. Tak opowiadał profesor, ale nie ma żadnej pewności, że to była ona. Żadnej – na szczęście i... nieszczęście. A mnie Bariełkina zawinęła w tłumok, przypięła agrafką kartkę: „Nadia Zołotow, córka pułkownika Andrieja Zołotowa i Nelly Horodeckiej, ojciec nie żyje, matka w szpitalu – Kulparków pod Lwowem". Zostawiła mnie gdzieś pod klasztorem, nie wiem gdzie i w którym roku. Pierwsze, co pamiętam, pochodzi z ochronki klasztornej w Brześciu. Mgła. Nic ważnego. Nie wiem, jak tam trafiłam. Wojna się skończyła, zaczęłam chodzić do szkoły podstawowej, potem do zawodowej, pielęgniarskiej. Pracowałam w różnych szpitalach, wyszłam za mąż, ale mój organizm nie chciał wydać na świat żywego dziecka. Może bronił tę istotę przed losem podobnym do mojego? Mąż zostawił mnie dla kobiety nieco bardziej normalnej. Podobno mają dwoje dzieci. Któregoś dnia jedna ze starszych pacjentek dała mi adres twojej siostry. Prosiła, by się nią trochę zająć, bo jest schorowana i samotna. Robiłam to przez jakiś czas, a potem trafiłam do ciebie.

Skończyła. Opadła na oparcie fotela i zamknęła oczy. Kłamstwo wyczerpało ją. To nie był jej los. Opowiedziała Fryderykowi cudze życie. Czyje? Kilku kobiet, które trzymała za dłonie w szpitalu. Jedne wróciły do domów, inne nie. Każda obdarowała ją czymś wyjątkowym. Zbierała te drobiny ludzkich losów jak znaczki pocztowe i dokładała do swojego niepełnego życia. Aż pojawiła się Agnieszka. To życie mogła sobie wziąć w całości.

– Biedactwo – westchnął Fryderyk, chociaż był pewien, że nie powiedziała prawdy. Jej ciało nigdy nie szykowało się do macierzyństwa. Zapomniała, że rozmawiali o tym i że obiecała nie kłamać więcej. – Dobrze, że Maria przysłała cię do mnie…

Chciał jeszcze coś powiedzieć, ale nie zdążył. Oto przy ścianie lasu rozległy się głosy ludzkie. Wieczorne echo poniosło je po okolicy. Za chwilę na drogę wyszło kilkadziesiąt osób – kobiet, mężczyzn i dzieci. W rękach trzymali pochodnie, latarki naftowe i elektryczne. Chcieli widzieć, ku czemu zmierzają, i sami chcieli być widoczni.

Fryderyk poderwał się z wózka.

– Uciekaj na strych – rozkazał.

Tłum ruszył rozjuszony widokiem domu i dwójki jego znienawidzonych mieszkańców. Pierwsi dobiegli chłopcy ze szkoły. Sięgnęli po kamienie, ale zamarli w bezruchu, bo nauczyciel wyszedł im naprzeciw.

– Czego? – zapytał.

Nie wiedzieli. Pospuszczali łby jak na lekcjach, ale na szczęście na plac dotarła starszyzna. Ta nie podjęła rozmowy. Na głowę i grzbiet Fryderyka spadły razy od orczyków, ułomków dyszli i stylisk. Szybko stracił przytomność i zalany krwią osunął się na ziemię. To jednak nie zatrzymało wieśniaków. Bili dalej obcego, bo obraził ich dobre życie.

Znieważył ich swoim losem zasranym, parchatym i niezro-zumiałym. Musiał tu przyjeżdżać? Musiał naprawiać organy w cudzym kościele? Kim był, że się na to poważył? Był ich dzisiejszym Żydem, bo wczorajszych już wygnali. Był Ru-skim, hitlerowcem i Murzynem z Afryki. Był każdym, tylko nie nimi, bo nie potrafił nimi być. Bandyta.

Przetrącili mu pacierz, skopali, oszczali dziadowskim moczem. Dziatwa wybiła wszystkie okna w domu, baby za-brały, co było do zabrania; pościel, naczynia, ścierki, święte obrazy i makatki. Zrabowali jak Żyda, bo tak trzeba było. Niech się cieszy, że nie spalili chałupy. Za to, co zrobił, za matkę, która przez niego zabiła syna – śmierć to mało.

Na koniec wydarli Mariannę ze strychu. Zgwałciło ją kil-ku, nie wszyscy. Tych kilku rozciągnęło ją na stole i ruchało brudnymi kutasami. Opierała się przy dwóch pierwszych. Przy sześciu następnych rozmawiała już tylko ze swoim uko-chanym.

– Otcze nasz, szczo ti na niebesach, dorogij mij, czornia-wij kochanec, nie zaliszaj mene bez pomoszczi, moliisia za mene, prosti moi grichi.

Pomogło. Znów go zobaczyła. Pokręcił głową z niedowie-rzaniem.

– Szczo ti robisz diwczinko? Tebi nie soromno?

– Wstydzę się – odpowiedziała.

Wezwali harmonistę, rozpalili ognisko, pili i tańczyli prawie do świtu. Zmusili Mariannę, żeby piła z nimi. Kiedy odmawiała, walili ją w pysk. Dużo przy tym było zabawy i śmiechu. Odeszli nad ranem.

Nie poszła się nigdzie poskarżyć. Wezwała pogotowie, zawiozła Fryderyka do szpitala, poczekała, aż lekarz wyjdzie do niej.

– Złamany kręgosłup, lewa noga, przedramię, trzy żebra, przebite płuco.

– Będzie żył, prawda? – zapytała.

– Będzie, ale… wózek do końca życia. I opieka. Jest pani na to gotowa?

– Jestem – odpowiedziała.

Wróciła do domu, zadzwoniła po szklarza. Przyjechał prawie równo z milicją.

– Głupi ludzie. Bydlaki – osądził. – Tyle szkła, tyle dobrego szkła…

Milicjant nie chciał poznać prawdy. Pokręcił się, zrobił kilka zdjęć, sporządził notatkę.

– Rozpozna ich pani?

– Rozpoznam.

– Będzie rozprawa, dostaną po kilka lat. Chce pani tego?

– Wszystko mi jedno.

– Wrócą z więzienia.

– Wszystko mi jedno.

– To może lepiej się stąd wyprowadzić?

– Zostanę.

Zapisał zeznania, wsiadł do samochodu, odjechał. Szklarz został do wieczora. Razem z nim zbierała szkło i oczyszczała ramy.

– Nie mam teraz pieniędzy – przyznała się, kiedy zakończył robotę.

– Poczekam. Mam z czego żyć.

– Znów mam piękne okna – ucieszyła się.

– Jak sobie pani życzy. Na zdrowie.

Przyszło popołudnie. Wreszcie znalazła odwagę, żeby spojrzeć w lustro. Miała rozciętą wargę, zdarty naskórek na nosie i czole, pobite oczy. Tyle było widać. Reszta była ukryta pod ubraniem; siniaki, zdarte do krwi kolana i łokcie, otarte pachwiny.

– I tak nieźle. Żyję – odezwała się do tej drugiej, w której z trudem rozpoznała siebie.

Zabrała się za sprzątanie podwórka. Zalała wodą popiół po ognisku, odgarnęła śmieci pod płot, zebrała butelki, zagrabiła plac, zamiotła. Kurz złapany przez słońce zamienił się w złoto. Wzięła to za znak pomyślności dla swoich zamierzeń.

Wózek jest teraz najważniejszy – pomyślała, biorąc w nawias inne ważności. Na wózku będzie siedział Fryderyk. My... obok. Ja i ona. Będziemy go pchały, ciągnęły na sznurku, wystawiały na taras, chowały do domu. Trzeba będzie zrobić podjazd z dwóch desek. Gdzie ich teraz szukać? Może na strychu? Każda będzie z nim rozmawiała po swojemu i o swoich sprawach. Dużo pytań, albo mało. Dwanaście słów? Może tak, a może nie... Śniadania, obiady, kolacje. Co innego dla niej, co innego dla nas – dla mnie i Fryderyka. On lubi rosół, pomidorową, ogórkową. Nie wiem, co ona lubi. Może jakieś wymyślne rzeczy? Kołatki w pianinie... Tym też trzeba będzie się zająć. Używał strzykawki, terpentyny i wosku. Kołatki nie powinny zabierać mu spokoju. Będzie przecież komponował dla nas. Dla mnie i dla niej.

Zadowolona z postanowień sprawdziła stan wózka. Bała się, że mogły go popsuć wyrostki z Regien. Jeździły przecież na nim, woziły się pośród rechotów i krzyku. Mogły pogiąć obręcze, złamać resory lub – co nie daj Boże – ukręcić osie.

Patrzyła, dotykała, kręciła – na szczęście nie znalazła uszkodzeń.

– Chwała Bogu – westchnęła na głos.

Wyczyściła oparcie, siedzisko i podłokietniki, odkaziła spirytusem salicylowym, napastowała i wypolerowała do błysku. Znalazła towot, napchała do piast, zebrała nadmiar szmatką. Schowała wózek za łóżko w służbówce. Tam miał bezpiecznie doczekać jej powrotu z miasta.

Przed nocą jeszcze raz wyciągnęła obrazek z walizki. Chciała się pomodlić. Ledwo go odwinęła z płótna, odezwał się:

– Ja radi szczo nareszti wyjdiesz iz kapusty, durna Domacha. Jak dowgo możno buti krichitnoj diwczinkoj? Powystie mene na stini. Ja choczu byti zwiczajnim swiatym obrazom.

Zrobiła to, o co poprosił. Poszła do pokoju, wbiła gwóźdź w ścianę i powiesiła święty obraz nad pianinem. Niech na siebie patrzą – pomyślała. Zaraz potem usiadła do pisania listu.

Droga i ukochana Matko Przełożona,

pragnę przeprosić Cię za nieszczęścia, które spowodowałam moją ucieczką, i wyjaśnić chociaż drobną część jej przyczyn. Jak wiesz, bo znałaś nas wszystkie na wylot – pojawiłam się w klasztorze głodna bliskości z Duchem Świę-

*tym, ale jeszcze bardziej z… Człowiekiem. Tęskniłam za
matką, ojcem, za domem, którego resztki ocaliła moja pamięć. Pan wypełniał moje dni, posługa chorym nadawała
sens życiu, ale nie było w nim radości. A przecież dostąpi-
łam jej w dzieciństwie, pamiętałam, przykładałam do życia
w kamiennym świecie szpitala i klasztoru. Tęskniłam. Ta
szczególna tęsknota popchnęła mnie do rozmów z chorymi,
których życie dobiegało końca. Stałam się kimś w rodzaju
spowiednika; słuchałam, kiwałam głową, a w gruncie rzeczy – podkradałam z ich życia to, czego nie było w moim…*

Pisała i pisała. Kiedy skończyła, spojrzała na zegarek.
Była godzina trzecia pięćdziesiąt. Właśnie zaczynały się bu-
dzić ptaki. Zasunęła zasłonkę, położyła się do łóżka. Zasnęła
na cztery godziny.

Rano zaczęła się sposobić do podróży. Najważniejsze
było złoto, więc wykopała je z ziemi, wytrzepała woreczek,
starannie zatarła ślady po skarbie.

Nagrzała wody, wykąpała się w balii, nakręciła włosy na
papierowe papiloty. To ostatnie poszło jej najgorzej, bo nie
miała żadnej wprawy. Zjadła śniadanie, ubrała się w podróż-
ny komplet odziedziczony po Agnieszce Pilawskiej, rozcze-
sała włosy, wystawiła Pliszce dwie miski z kaszą, zamknęła
okiennice oraz drzwi i… ruszyła w kierunku lasu.

Weszła między drzewa. Poruszyły się, chociaż nie było wiatru. Przez korony przemknęły ludzkie szepty, śmiechy i napomnienia. Zimno smagnęło po plecach jak bat. Przyśpieszyła kroku.

Kiedy doszła na miejsce zbrodni, wydawało jej się przez chwilę, że słyszy mlaskanie Andrzejka obracającego w ustach landrynkę i podniecony oddech Rudzińskiej podskakującej na Fryderyku.

– Nie patrzcie tak na mnie – odezwała się w kierunku drzew. – To była kurwa, zwykła dziwka niezdolna do miłości. Ja... nie miałam innego wyjścia. Zabiłam ją, bo nie mogłam nie zabić. Szkoda Andrzejka, chociaż był niezdolnym dzieckiem. Nazywam się Marianna Greszel, jestem żoną Fryderyka Greszela, mieszkam w kolejowej resztówce nieopodal, będę tędy często przechodziła, więc lepiej przyzwyczajcie się do mnie.

Wielkie świerki uspokoiły się, jakby czekały na takie wyjaśnienie. Marianna zwolniła kroku, stanęła, przetarła spocone czoło chusteczką. By odsunąć złe myśli, zaczęła sobie czytać w głowie dalszy ciąg listu napisanego do mateczki przełożonej.

Na krótko przed moją ucieczką w szpitalu pojawiła się Agnieszka Pilawska, trzydziestopięcioletnia chora na serce kobieta. Umierała, nie było już dla niej ratunku. Zostawiała za sobą życie mroczne, nieuporządkowane i pełne grzechów. Żałowała, dlatego zdecydowałam się ją wysłuchać. Spowiedź trwała przez wiele dni, podczas których doświadczyłam podróży po świecie zupełnie mi nieznanym.

Była tancerką i piosenkarką. Pracowała w kawiarniach, paliła papierosy, piła wódkę, oddawała się mężczyznom za pieniądze i prezenty. Lądowała w ich ramionach w poszukiwaniu miłości, której nie była zdolna zaznać. Wojna wypaliła z jej duszy tę zdolność, zabierając przy tym ze świata troje rodzeństwa, ojca i matkę.

Naprawdę nazywała się Ida Hersz, była Żydówką, urodziła się 29 stycznia 1934 roku w Warszawie, w rodzinie lekarza Bodo Hersza i jego żony Łucji. Kiedy wybuchła wojna, małżeństwo Herszów zostało w stolicy mimo możliwości jej opuszczenia i zamieszkania na prowincji. W 1941 roku rodzina trafiła do getta. Doktor Hersz był człowiekiem niezaradnym, polegał na przyznanych przez Niemców racjach żywnościowych (180 kalorii na osobę w rodzinie), oddawał jedzenie córkom, więc wkrótce zmarł z głodu i zgryzoty. Niedługo potem zmarła matka Idy, jej dwóch braci i młodsza siostra. W wieku sześciu lat dziewczynka została sama na świecie. W poszukiwaniu ratunku uciekła na aryjską stronę przez dziurę w murze. Była tak chuda, że zdołała się przecisnąć przez przesmyk odpowiadający dwóm wyjętym z niego cegłom. Jak opowiadała, trafiła do piwnicy pod kamienicą stojącą kilka kroków od getta, tam zamieszkała w komórce, zaprzyjaźniła się ze szczurami, razem z nimi żywiła się przeterminowanymi wyrobami ze słoików Wecka; ogórkami, dżemami, powidłami z jabłek, śliwek, wiśni i dzikiej róży. Tak dotrwała do pierwszej samotnej zimy. Przetrwała ją dzięki szczurom, które w nocy oddawały jej ciepło, gromadząc się wokół dziewczynki i kładąc się na niej.

Wiosną odkrył jej skrytkę mieszkający w kamienicy Polak, tramwajarz Jan Skarżyński. Mężczyzna był starym kawalerem, miał dobre serce, więc zabrał Idę do mieszkania, wykąpał, ostrzygł, nakarmił do syta. Przez tydzień miała biegunkę, bowiem organizm nie chciał tolerować chleba, jajek, sera, mięsa i cukru (Skarżyński miał tych produktów pod dostatkiem, niemiecki przydział kartkowy daleko przekraczał jego skromne potrzeby). Opisuję ten pojedynczy los ludzki w otoczeniu innych losów, bo z całego serca pragnę, droga Mateczko, byś współczując temu dziecku, a potem kobiecie – znalazła wyrozumiałość dla mnie i dla moich dramatycznych wyborów.

Tramwajarz przekazał małą Żydówkę swojej przyjaciółce, prostytutce i szansonistce Walickiej, ta zabrała dziew-

czynkę do kawiarnianej garderoby. Ida zamieszkała w sza-
fie, która obok latryn, dziur w ziemi, skrytek w stodołach
i obozów koncentracyjnych, była jedną z głównych ojczyzn
wyrzutków z tamtego czasu...

Marianna przerwała czytanie listu. Dotarła do końca
leśnej drogi, przeszła przez szosę, stanęła na przystanku
autobusowym. Zapaliła papierosa. Wyglądała na kobietę
z miasta; żonę, matkę, bywalczynię restauracji, kin i sa-
lonów fryzjerskich. Nikt by nie zgadł, że jest pozbawioną
uczuć kurwą, upośledzoną emocjonalnie dziwaczką, zimną
morderczynią bez serca.

Nadjechał autobus. Wsiadła.

Ida polubiła mieszkanie w szafie, bowiem otulały ją tiu-
le i jedwabie sukienek, bawełniana bielizna, adamaszkowe
płaszcze, aksamity i atłasy. Do tego mogła podglądać przez
szparę podniecający świat garderoby; skropiony zapachem
perfum, potu, alkoholu i czekolady. Często pośród tancerek
pojawiali się ich adoratorzy, wtedy do szafy napływał za-
pach róż.

Walicka miała trzech niemieckich kochanków, pośród
nich wysoko postawionego oficera, oberlejtnanta Hansa
Kastnera. Mężczyzna był w niej śmiertelnie zakochany,

wiedział o Żydówce z szafy i przymykał na nią oko. Cza-
sem, kiedy przychodziło mu do głowy uprawianie seksu
w garderobie, podchodził do drzwi i wciskał zwitek papieru
w dziurkę od klucza. Kiedy już było po wszystkim, uchylał
drzwi na nowo i wrzucał do szafy kilka czekoladek. Mieli
milczące porozumienie o nieagresji, które dotrwało z nimi
do końca wojny.

Po wojnie Ida Hersz zmieniła imię i nazwisko i już jako
Agnieszka Pilawska rozpoczęła życie na zewnątrz szafy.
Miała wtedy jedenaście lat i jedno marzenie silniejsze od in-
nych – być taką samą jak jej zbawicielka Barbara Walicka.

Autobus kołysał się usypiająco. Na kolejnych przystan-
kach dosiadali się ludzie. Marianna jechała zapatrzona w pejzaże. W jej spojrzeniu nie było niecierpliwości. Czytała list.

Zamieszkały razem w dużym mieszkaniu z fortepianem.
Ich życie prawie się nie zmieniło. Walicka zatrudniła się
jako kelnerka w restauracji, posłała Agnieszkę do szkoły,
wieczorami przyjmowała przyjaciół i nowych kochanków;
pili, palili papierosy, grali na fortepianie. Aż pojawił się
Leo, czarnowłosy, wysoki, przystojny. Był pianistą, grał
w orkiestrze w radio. Agnieszka zakochała się od pierw-
szego wejrzenia. Przez kolejne trzy lata Leo przychodził do

Walickiej, czasem zostawał na noc, uczył Agnieszkę czytać nuty i grać na fortepianie. Sadzał ją wtedy na kolanach, zapalał papierosa i tłumaczył ze ściśniętymi ustami: „To jest muzyka. Dzięki niej można przetrwać wojnę, pogodzić się ze śmiercią bliskich i samemu nie umrzeć z rozpaczy. Muzyka – zapamiętaj, mała Agnes – to jest właśnie ona".

Wiosną 1949 roku milicja aresztowała Walicką. Ktoś przypomniał sobie o jej bliskich związkach z Niemcami. Po krótkim procesie zapadł wyrok: trzy lata więzienia. Trafiła do Rawicza na Ziemiach Odzyskanych. Kiedy przekraczała bramę więzienną, do portu w Gdańsku wpływał właśnie statek z inną więźniarką, przybyłą z Afryki Marią Greszel-Kochanowską i jej bratem Fryderykiem.

Agnieszka trafiła do domu dziecka w małym podsudeckim miasteczku Lądek Zdrój, sześćset kilometrów od Warszawy. Leo odwiedzał ją tam przez pierwsze dwa lata, potem porwały go inne sprawy. Wkrótce milicja znalazła go z dziurą w głowie na jednym z warszawskich podwórek. Obok leżał pistolet Luger. Nie zostawił listu pożegnalnego.

Kiedy Walicka wyszła z więzienia, nic już nie było takie jak wcześniej. Odnalazła wprawdzie Agnieszkę, próbowała być matką, ale obydwie odmienione nie potrafiły wrócić do dawnych ról. Czasem tylko upijały się razem, siadały do fortepianu i trzymając w ustach papierosy, grały coś na cztery ręce. To była dedykacja dla Lea, tak go wspominały i tak wyrażały tęsknotę za nim. W cztery lata po wyjściu z więzienia Walicka zmarła na zapalenie płuc. W rok później Agnieszka została studentką akademii sztuk pięknych.

Zimą 1959 roku dziewiętnastoletnia Agnieszka Pilawska poznała prawie pięćdziesięcioletniego Fryderyka Greszela, mężczyznę wspomnianego kilka zdań wcześniej. Był repatriantem z Kenii, muzykiem, który musiał opuścić Afrykę na skutek splotu wielu niepomyślnych okoliczności. Jedną z nich była utrata majątku rodzinnego. Któregoś wieczoru wszedł pijany do kawiarni, w której dorabiała sobie śpiewaniem, podniósł za kołnierz akompaniatora, odstawił go na bok i sam zajął jego miejsce. Zagrał tak, jak nikt nigdy przed nim w tym miejscu. Jeszcze tej samej nocy zostali kochankami. Przedstawiła mu się jako Agnes Sonita, córka cygańskiego ojca i Polki. Miłość tych dwojga była gwałtowna i pełna dramatycznych zwrotów. Wnieśli do niej cały ciężar przeszłości; tęsknoty, niespełnione nadzieje, frustracje. Ich życie stało się pasmem naprzemiennych euforii i rozpaczy.

Autobus zatrzymał się na przystanku. Marianna wysiadła. Poszła ulicami miasteczka, w dół traktu prowadzącego ku rzece. Minęła kilka osób idących w przeciwną stronę, w szarej, mozolnej wspinaczce po nic. Dzień z wolna oddawał światło.

Wreszcie dotarła na obrzeża miasteczka. Z daleka zobaczyła czworobok starych budynków; odrapane tynki, okna z łuszczącą się farbą, pordzewiałe kraty, bramę zakończoną witrażowym przeszkleniem. Przeszła na drugą stronę ulicy. Wrzuciła list do czerwonej skrzynki pocztowej, podeszła pod bramę, spojrzała na tablicę. Napis ogłaszał: PAŃSTWOWY DOM DZIECKA W LUBOSZEWACH.

Usiadła na ławce postawionej nieopodal schodów. Była zdenerwowana. Sięgnęła po papierosa i ledwo go doniosła do ust roztrzęsionymi dłońmi. A więc dotarła tu na koniec.

Tak więc, najdroższa Mateczko, kobieta, którą miałam spotkać za dziesięć lat, zmierzała ku mnie drogą najdziwniejszą z dziwnych; z pragnienia miłości raniła miłość, z pragnienia bliskości – oddalała się od ludzi. Ale najsilniejsze było w niej pragnienie macierzyństwa. Zapewne narodziło się w chwilach osamotnienia w getcie, w mroku piwnicy, w rodzinnej wspólnocie ze szczurami. Opowiadała mi o tym. Opisywała przemożność tej potrzeby tak wyraziście, operowała rysunkiem tak przejmującym, że nieomal zobaczyłam tę abstrakcję jak żywą istotę.

Fryderyk nigdy nie usłyszał od Agnes Sonity prawdy o jej strasznym życiu. Utrzymywała go w przekonaniu, że przeszłość nie ma dla niej znaczenia. Była i już jej nie dotyczy. „To teraźniejszość jest ważna, więc w niej trzeba się zanurzyć" – powtarzała. I zanurzała się, zapominając o nabraniu powietrza do płuc.

Czasem odwiedzali Marię, starszą siostrę Fryderyka. Wtedy Fryderyk dowiadywał się, w jak wielkim tkwi niebezpieczeństwie. „Umrzesz przez nią. Ona cię zabije, bez dwóch zdań" – przestrzegała Maria, ale bagatelizował jej słowa. Kochał Agnieszkę, była podobna do jego matki – miała dobre, tkliwe serce i… nie zwracała na niego uwagi.

W trzecim roku tego straceńczego związku Agnes Sonita zaszła w ciążę. Kiedy się o tym dowiedziała, zażądała od Fryderyka pieniędzy na aborcję. Podzielił na pół resztkę swojego afrykańskiego skarbu, dał jej dwie sztabki złota i dwie złote monety. Wtedy zniknęła.

Szukał jej ponad rok, dawał ogłoszenia w gazetach, rozpytywał. Wszystko na darmo. Zapadła się pod ziemię.

Wyjechał pod naciskiem Marii. Zmusił się do tego resztką sił. Zapakował dobytek na ciężarówkę, pożegnał się z siostrą i pojechał na drugi koniec Polski, by jako wiejski nauczyciel dawać lekcje muzyki w szkole podstawowej.

Marianna starannie zgasiła papierosa pod podeszwą buta, wstała, wspięła się po schodach i nacisnęła przycisk dzwonka.

Dyrektorka domu dziecka miała jakieś sześćdziesiąt lat, dobre serce i suchą, nauczycielską urodę. Posadziła Mariannę przy biurku, założyła na nos okulary, zaczęła czytać podany jej list. Nie trwało to długo; list zawierał zaledwie kilka zdań:

> *Ja, Agnieszka Pilawska, potwierdzam, iż okazicielka tego listu realizuje moją wolę dotyczącą Anny Pilawskiej, mojej córki, pozostawionej w Domu Dziecka w Luboszewach 12 stycznia 1968 roku.*

— A więc… umarła — odezwała się matowym głosem, odkładając kartkę na biurko.

— Umarła. Serce słabe… Nie cierpiała.

— Chwała Bogu, chwała Bogu…

— Chwała Bogu — potwierdziła Marianna.

— Zabiera pani Anulkę?

— Zabieram. Do ojca. Właściwie reprezentuję tu… obydwoje rodziców.

– Ojciec ma środki?

– Tak, ma – skłamała. – Dobrze mu się powodzi.

– To dobrze, dobrze… – ucieszyła się dyrektorka.

– No właśnie – potwierdziła Marianna.

Zamilkły w oczekiwaniu na dalszy ciąg. Na korytarzu rozległy się kroki i za chwilę dało się słyszeć pukanie do drzwi.

– Proszę – odezwała się dyrektorka.

Weszła wychowawczyni, za nią Anulka Pilawska; drobina w wiśniowym sweterku, czerwonej sukience w kropki i lakierowanych sandałkach. Miała jakieś sześć lat, włosy czarne jak smoła, niebieskie oczy i drobną, ładną buzię. Spojrzała na Mariannę, uderzyła spojrzeniem prawie dorosłym, znakiem pokrewieństwa z jedyną osobą patrzącą na świat podobnie surowo – jej ojcem, Fryderykiem Greszelem.

– Wyglądasz jak biedronka – powiedziała Marianna, żeby coś powiedzieć.

– Dziękuję – usłyszała w odpowiedzi.

Kiedy wyszły, dyrektorka sięgnęła po woreczek zostawiony na biurku. Wysypała na dłoń dwie złote sztabki i dwie monety.

Agnes Sonita nie usunęła ciąży. Nie potrafiła. Wyjechała na prowincję, do jednej z koleżanek Walickiej z kabaretu, tancerki o nazwisku Miłkowska. Tam, w powiatowym szpitalu urodziła córeczkę Annę; dwa tysiące osiemset gramów wagi, pięćdziesiąt dwa centymetry wzrostu, zdrową, bez znaków szczególnych.

Zamieszkały w Warszawie – matka i córka. Agnieszka zmieniła tryb życia, porzuciła kawiarnie, papierosy i wódkę, rozkleiła ogłoszenia o lekcjach rysunku. Zgłosili się kandydaci do szkół plastycznych; pozowała im, uczyła kompozycji, perspektywy, światłocienia. Wszystkiego, czego sama nauczyła się przez dwa lata studiów w akademii sztuk pięknych. To dawało grosze na jedzenie, czynsz i ubrania dla Anulki. Nie szukała kontaktu z Fryderykiem, bo tej rodzinie nie był potrzebny nikt trzeci. Nie chciała rozdrabniać miłości.

Zachorowała po czwartych urodzinach córeczki. Serce, powikłania po anginie. Nie chciała się leczyć, dalej przyjmowała uczniów, słabła z dnia na dzień. Ale i wówczas nie przyszło jej do głowy, by odszukać Fryderyka. Nawet taka okoliczność nie była w stanie zmusić jej do spojrzenia mu w oczy. „Nie mogłam ciągle przegrywać" – tłumaczyła. Naturalnie, przez cały czas obmyślała plan, jak zetknąć tych dwoje po jej śmierci; znała Fryderyka, nie miała wątpliwości, że będzie najlepszym opiekunem dla ich córki.

Zanim trafiła do szpitala, umieściła Anulkę w domu dziecka, porozumiała się z dyrektorką, napisała list, który – ostatecznie – trafił w moje ręce. Wkrótce spotkałyśmy się w szpitalu. Przez dziesięć dni odbierałam od niej spowiedź, poznawałam szczegóły losu, sposobiłam się do posługi, którą niniejszym wypełniam. Ten list, najdroższa Mateczko, jest w równym stopniu prośbą o wybaczenie, co wołaniem o zrozumienie moich intencji. Bez nadziei, że to nastąpi, trudno mi będzie żyć. Całuję Twoje dobre dłonie. Siostra Marianna.

Pojechały autobusem w powrotną drogę. Podróż trwała do rana. Anulka spała na ramieniu i kolanach Marianny. Nie rozmawiały ze sobą. Bały się pytań i odpowiedzi. Dopiero kiedy weszły na leśną drogę, dziewczynka odezwała się cichutko:

– Jak masz na imię?

– Marianna.

– Znałaś moją mamę?

– Znałam.

– Czy ona umarła?

– Tak.

– Czy teraz będę z tobą?

– Tak.

– I z moim tatą?

– Tak.

Zamilkły, ale to nie był jeszcze koniec rozmowy.

– Jaką lubisz zupę? Lubisz pomidorową? – zapytała Marianna po chwili.

– Nie bardzo. Chyba że… z makaronem.

– Dobrze, zrobię makaron.

Szły, szły, aż doszły. Pliszka posikała się ze szczęścia.

Maria Greszel-Kochanowska dowiedziała się o nieszczęściu brata z listu. Był zdawkowy, parę zdań nakreślonych kobiecym pismem:

> *Szanowna Pani,*
> *ze smutkiem informuję, iż Pani brat Fryderyk uległ wypadkowi, w rezultacie którego stracił władzę w dolnej części ciała. Proszę się nie martwić, ma zapewnioną opiekę.*
> *Marianna.*

Nie odwiedziła brata w szpitalu. Od przyjazdu do Polski nie przekroczyła granic miasta. Zrewanżowała się listem.

Drogi Fryderyku, bardzo Ci współczuję. Przesyłam kopię testamentu, którego oryginał zdeponowałam u notariusza. Zapewne pożyjesz dłużej ode mnie, więc zapisuję Ci całą moją doczesną biedę i kilka wartościowych drobiazgów z przeszłości. Sprzedaj je, kiedy umrę. Twoja starsza siostra, Maria.

Marianna odebrała Fryderyka ze szpitala w dwa tygodnie później. Pojechały z Anulką.

Trwała jesień; dzień był ponury i rozmazany. W powietrzu wisiała drobniutka mżawka.

Czekały na Fryderyka ponad godzinę, aż obie nasiąkły wilgocią jak gąbki. Wreszcie wyjechał na dziedziniec; na wózku, przykryty czarnym paltem, wychudzony i mało obecny. Nie odezwał się ani słowem. Od czasu do czasu zerkał na dziewczynkę w poszukiwaniu dowodów.

— Czy pani jest kimś z rodziny? — zapytał sanitariusz.

— Naturalnie. Ja jestem żoną, a to córka chorego — odpowiedziała.

Fryderyk zebrał się w sobie i nadludzkim wysiłkiem przywołał na twarz grymas przypominający uśmiech. Anulka odpowiedziała czymś podobnym. Ruszyli w drogę.